Petra Fischer

Glück fürs Glücklichsein

Roman

© 2014 Petra Fischer
Herstellung und Verlag: Books on Demand GMBH, Norderstedt
ISBN **9783738605167**

Vorwort der Autorin

Die Handlung sowie die Personen in dieser Geschichte sind frei erfunden oder mit den Leuten abgesprochen. Alle anderen eventuellen Übereinstimmungen zum realen Leben sind rein zufälliger Natur. Orts- und Städtenamen dienen nur zur geographischen Orientierung.

Wenn ein Mensch viel zu früh aus dem Leben geht, fragt man sich nach dem Warum, nach Gerechtigkeit, nach Sinn... Aber vor allem fragt man sich, wie es ohne ihn weitergehen soll, denn er fehlt bei allen Kleinigkeiten und bei den großen sowieso...

In ewiger Erinnerung, Dankbarkeit und Liebe an meinen Vater Gerhard und meinen Schwiegervater Klaus

Prolog

Gab es je einen perfekteren Tag als den heutigen?

Das fragte sich die schöne Trish, während sie zum Traualtar schritt.

Ihr bodenlanges weißes Kleid wischte über den Boden entlang und ihre lange Schleppe sammelte die letzten Blütenblätter ein, welche die Blumenmädchen erst vor wenigen Sekunden geworfen hatten. Die Perlen und Strasssteinchen an ihrem Brautkleid funkelten wie tausende kleine Sterne am Nachthimmel und wurden nur von dem bezaubernden Lächeln der Braut überstrahlt.

All der ganze Stress der letzten Tage und Stunden rückte in den Hintergrund. Nun zählte nur noch das Hier und Jetzt.

Selbstzufrieden suchte Trish die Besucherreihen ab. Einen kurzen Augenblick gefror das Lächeln in ihrem Gesicht ein. Da war sie also! Ein kaltes Funkeln blitzte in Trishs Augen auf.

Erhobenen Hauptes setzte Trish ihren Weg fort, ohne dass jemand ihre wahren Gedanken erahnen konnte.

Ein Raunen hallte durch den Saal, als Trish den Mittelgang der Kapelle entlangschritt. Genau so hatte sich Trish IHREN großen Tag vorgestellt. Zufrieden blieb sie neben ihrem zukünftigen Mann stehen und blinzelte die Tränen weg, die sich einen Weg ins Freie zu bahnen drohten. Ganz sicher würde sie, die zukünftige Frau Fernandes, jetzt nicht weinen und somit ihr gesamtes Make-up ruinieren.

Trish straffte die Schultern und konzentrierte sich dann auf die Worte des Priesters. Nach dem Ja-Wort folgte ein langer leidenschaftlicher Kuss. Als sich ihre Lippen wieder trennten, blickte Trish ihrem frisch vermählten Ehemann Raik tief in die Augen und flüsterte dann in einem Ton, der nichts Gutes verheißen ließ, dass sie eine Überraschung für ihn habe.

Raik durchfuhr ein seltsames Gefühl. Er kannte Trish nun schon seit einigen Jahren und wusste auch von ihrem Temperament. Trish war ein Engel, aber wehe etwas ging gegen ihren Strich. Ihr Handeln und die Folgen waren dann meist fatal.

So ruhig wie möglich blieb Raik neben Trish stehen und nahm die Gratulationen der Gäste entgegen. Küsschen hier und Küsschen da. Festes Händedrücken von den Männern und liebevolle Umarmungen von den Frauen.

Und dann erblickte er sie. Unter tausenden Menschen hätte er sie immer erkannt. Aber wie war das möglich?

Fabienne stand vor Raik und blickte ihm liebevoll in die Augen. Sie lächelte.

„Gut schaust du aus", flüsterte sie. Dann drehte sie sich um, gratulierte der Braut und verschwand wieder in der Gästemenge.

In Raiks Ohren rauschte es. Hatte er sich das eben eingebildet? Er blickte seine Frau an und konnte die gehässige Kälte in ihren Augen sehen. Das war also ihre angekündigte Überraschung.

„Ich versteh nicht! Was wird hier gespielt?"

Trish schaute Raik lange an und genoss jeden Augenblick, bevor sie antwortete: „Tja, vielleicht hättest du mich nicht vor all unseren Freunden bloß stellen sollen! Aber findest du meine Geste nicht nett? Ich erdulde eine Ex von dir auf MEINER Hochzeit."

„Mein Gott Trish, was soll das? Was ist nur los mit dir? Bist du etwa doch sauer? Es war ein Spiel! Ein harmloses

Spiel! Und eigentlich hatte ich gedacht, wir hätten das ge-klärt."

„Ach war es das?"

In Trishs Gesicht spiegelten sich Zorn und Verachtung.

„Nein, es war kein harmloses Spiel! Aber ich finde es sehr interessant, dass du sofort weißt, worauf ich hinaus will."

Mit diesen Worten wendete sich Trish von Raik ab und nahm die nächsten Gratulationen entgegen.

Sie war also immer noch sauer. Aber wie hätte Raik das ahnen können? Die letzten Wochen war Trish doch ganz normal gewesen.

Raik versuchte den besagten Abend noch einmal Revue passieren zu lassen. Es war vor vier oder fünf Monaten ge-wesen. Sie hatten sich alle bei Benjamino getroffen. Es war eine gesellige Runde unter Freunden gewesen. Alle hatten getrunken, gelacht und gesungen. Irgendwann war irgend-jemand auf die glorreiche Idee gekommen, *Wahrheit oder Pflicht* zu spielen. Raik hatte sich für *Wahrheit* entschieden, bevor er eine Karte gezogen hatte. *„Nenne den Namen dei-ner ersten wahren, großen Liebe."* Alle hatten ihn angese-hen und er hatte aus einem Instinkt heraus „Fabienne" ge-antwortet. Dann herrschte Stille. Benjamino versuchte die Situation zu retten, indem er irgendwas Komisches sagte, aber die Stimmung war explosiv geworden. Er hatte ein-fach nicht nachgedacht beim Antworten. Später hatte er mit Trish geredet, sich sogar bei ihr entschuldigt und sie hatte ihm versichert, dass alles okay sei. Auch die Hochzeit war Trishs Idee gewesen nach besagtem Abend.

Nun stellte sich Raik die Frage, wie er so naiv gewesen sein konnte. Aber eigentlich war doch nichts Schlimmes da-bei, dass Fabienne zu seiner Hochzeit gekommen war. Im Gegenteil, wenn er jetzt so darüber nachdachte, hatte er wirklich Freude empfunden, als er sie erblickte. Innerlich hoffte er sogar, im Laufe des Abends mit Fabienne noch reden zu können. Es gab so vieles, was er sie schon seit Jahren fragen wollte. Doch bisher hatte er nicht die Gelegenheit bekommen, das zu tun. Vielleicht war dies seine große Chance! Nur was bezweckte Trish? Irgendwas führte sie doch sicher im Schilde.

Teil 1

1.

„Kira, nun komm schon! Ich kann nicht länger warten!"

Ungeduldig hopste Fabienne von einem Bein auf das andere, während sie auf ihre Freundin wartete, die sich mal wieder nicht entscheiden konnte, ob sie die blaue Hose oder den gelben Rock kaufen sollte.

„Nimm beides. Es sieht toll aus. Aber beeile dich endlich!"

„Beides? Machst du Witze, Fabi? Wie soll ich mir das leisten?"

Kritisch betrachtete sich Kira im Spiegel der viel zu kleinen Umkleide des Modegeschäfts. Sie vernahm das genervte Stöhnen von Fabienne, verdrehte die Augen und ging dann zur Kasse.

„Okay, aber um das gleich klar zu stellen, DU bist schuld, wenn ich mich für das Falsche entschieden habe!"

Kira bezahlte den Rock, nahm die Tüte und das Wechselgeld entgegen und drehte sich zu Fabienne um.

„ Und wohin nun?"

„Zu mir nach Hause. Das ist doch klar. Sie werden bald da sein."

„Ach Fabi, das ist echt schlimm mit dir. Wann willst du eigentlich mal Raik sagen, dass du total verknallt in ihn bist?"

Abrupt blieb Fabienne stehen.

„Ich bin nicht verknallt! Was überhaupt soll das für ein Wort sein? *Verknallt*. Ich freue mich einfach, dass mein großer Bruder und sein bester Freund nach zwei Monaten Schüleraustausch endlich zurückkommen und ich möchte die zwei halt begrüßen. Was, bitte schön, ist daran so schlimm?"

„Ach nix, alles ist schön!"

Lachend hakte sich Kira bei Fabienne ein und sie gingen weiter. Sie liebte es, ihre beste Freundin zu necken. Sie selbst freute sich ja auch, die beiden jungen Männer wieder zu sehen. Besonders Fabiennes Bruder Aden. Das würde doch auch wirklich gut passen: sie, Kira & Aden und Fabienne & Raik.

Die zwei Mädchen liefen die Straßen entlang. Ihre Schritte überschlugen sich fast und beide waren total außer Atem, als sie die letzten Stufen zur Wohnungstür hinaufstiegen.

Aden und Raik waren noch nicht da.

Das war gut, dachte Fabienne, dann hatte sie noch genug Zeit, um sich etwas zu sammeln.

Schon seit Fabienne denken konnte, himmelte sie den besten Freund ihres großen Bruders an. Zuerst war es Schwärmerei gewesen, aber seit ungefähr einem Jahr war es Liebe. Sie liebte Raik mit jeder Faser ihres Körpers. Und er? Er sah in ihr nur die kleine Schwester seines besten Freundes. Wieso merkte er einfach nicht, was sie für ihn empfand? Dass er ihr erster und letzter Gedanke des Tages war?

Während Kira den Kühlschrank nach etwas Essbarem durchforstete, saß Fabienne am Küchentisch und dachte an Raik. Gedankenversunken malte sie kleine Herzchen auf ein Blatt Papier und merkte nicht, wie sich Raik ihr von hinten näherte. Viel zu spät bemerkte sie ihn, sodass sie den Zettel mit den gemalten Herzchen nicht mehr verschwinden lassen konnte.

„Du bist verliebt?"

16

Es war mehr eine Frage als eine Feststellung, wie Raik die Worte aussprach. Hörte sie Eifersucht in seiner Stimme? Als Fabienne aufblickte, sah sie Raiks Grinsen. Augenblicklich schlug ihr Herz schneller.

„Wer ist denn der Glückliche?"

„Niemand!"

Mit diesen Worten stand Fabienne auf und trat an die Spüle. Für einen Augenblick schloss sie die Augen. Dann straffte sie die Schultern und atmete hörbar aus.

„Wie war es in England?"

„Oh, es war grandios! Aden und ich – ich glaube, wir hatten die beste Zeit unseres Lebens."

„Und die vielen süßen Engländerinnen erst!"

Lachend betrat Aden die üppige Küche und zwinkerte Kira zu. Es durchzuckte Fabienne wie ein Blitz. Süße Engländerinnen! Allein der Gedanke an diese war grausam.

Aden begrüßte seine Schwester mit einer innigen Umarmung.

„Hast mir gefehlt, kleine Sis!"

„Ach ehrlich? Ich wette, ihr hattet vor lauter süßen Engländerinnen gar keine Zeit an mich zu denken."

Tränen drohten in Fabiennes Augen aufzusteigen, also beeilte sie sich, die Küche schnellstmöglich zu verlassen. Sie wollte weinen, aber nicht vor Aden und Raik.

„Was war denn das?"

Ratlos schaute Aden von Raik zu Kira. Diese schob sich an den beiden jungen Männern vorbei und eilte ihrer Freundin hinterher.

„Kerle", war das Einzige, was sie sagte, bevor sie die Zimmertür hinter sich schloss.

2.

*P*ah, süße Engländerinnen. Von wegen! Andere Frauen interessierten Raik doch überhaupt nicht. Sicher hatte er ab und an eine Affäre, aber von Luft alleine konnte ein Mann ja auch schließlich nicht leben. Doch es war nie etwas Tiefgründiges, denn es gab nur die eine Wahre für ihn. Eine, der er schon vor Jahren sein Herz verschrieben hatte: Fabienne.

Es gab kein Mädchen, das ihr je das Wasser reichen könnte. Dieser Wahnsinnskörper, das braune seidige Haar, ihre zarte Stimme, ihr sinnlicher Duft, ihre Klugheit, ihr Liebreiz – all das machte sie perfekt für ihn, aber am tollsten an Fabienne fand Raik ihre Augen. Türkisblau und wenn Fabienne etwas erzählte, leuchteten diese noch intensiver. Am liebsten würde er sie immer ansehen.

Aber es durfte einfach nicht sein. Sie war die Schwester von Aden. Und gab es da nicht ein ungeschriebenes Gesetz, dass die kleinen Schwestern der besten Freunde tabu waren?

Er musste wirklich so langsam aufhören, einem Phantom nachzujagen. Besonders jetzt, wo offensichtlich klar war, dass Fabienne in einen Jungen verliebt war. Die ganzen Herzchen, die sie gemalt hatte.

Die Erinnerung stimmte Raik traurig.

Heute Abend auf Danielos Party würde er ein Mädchen klar machen. So viel stand fest. Und alles Weitere würde sich dann schon ergeben.

3.

Gedämpfte Musikklänge drangen durch Fabiennes Zimmertür.

Kira strich der weinenden Fabienne über das Haar. Sie hatte die Musik angestellt, falls die Jungs versuchten zu lauschen. Es gab einfach Sachen, die gingen die Männerwelt nichts an.

„Das ist nicht fair!", schluchzte Fabienne kraftlos.

„Engländerinnen! Und dann auch noch süße."

Allein bei dem Gedanken krampfte sich Fabiennes Magen zusammen.

„Nein, das ist es wirklich nicht. Ich frage mich nur, ob es wirklich wahr ist."

Mit rotunterlaufenen Augen blickte Fabienne zu Kira auf. „Wie meinst du das?"

„Naja, es ist doch möglich, dass Aden nur rumgesponnen hat! Also, ich find ja, dass Raik gar nicht der Typ für so was ist. Aden ist ein Casanova, so viel ist sicher, aber doch nicht Raik."

Ein hoffnungsvolles Lächeln huschte über Fabiennes Gesicht. Eigentlich hatte ihre Freundin ja Recht. Sie hatte Raik auch noch nie als Draufgänger empfunden.

Kira stand auf und schlenderte durchs Zimmer. Dann blieb sie urplötzlich stehen, drehte sich blitzschnell zu Fabienne um und fuchtelte mit ihrem Finger vor deren Nase.

„Weißt du was? Wir klären das Ganze ein für alle Mal! Heute Abend!"

Erschrocken schnellte Fabienne hoch.

„Kira! Was hast du vor?"

„Na, ganz einfach, wir gehen heut auf diese Party von Danielo und da schnappst du dir Raik und ich mir Aden."

Kira zwinkerte Fabienne zu.

„Klar, ganz einfach."

Fabienne schüttelte den Kopf. Manchmal verstand sie Kira einfach nicht.

Eine Stunde später wusste Fabienne noch immer nicht, was sie zu der Party anziehen sollte. Unentschlossen zog sie ein Kleidungsstück nach dem anderen aus ihrem Schrank, betrachtete es und schmiss es dann achtlos hinter sich aufs Bett. Sie hatte einfach nichts anzuziehen. Das eine Teil war zu brav, das andere viel zu sexy. Das hier war zu schwarz und das daneben viel zu schrill.

Völlig entnervt ließ sich Fabienne auf den Kleiderhaufen auf ihrem Bett fallen. Ihr war nach Weinen zu Mute und nach Schokolade, Eiscreme und einer Liebesschnulze im Fernsehen.

Kira betrat wieder Fabiennes Zimmer und blickte auf ihre Freundin.

„Hey, was ist los?"

Dann drehte sie sich.

„Und, wie findest du meine Frisur?"

Sie hatte sich das blonde Haar mit vielen kleinen Haarspangen hochgesteckt und nur ein paar wenige Strähnen hingen ihr lockig ins Gesicht.

„Wow, Kira, du siehst fantastisch aus!"

Diese lächelte breit.

„Na, dann komm her. Ich kümmere mich erst um deine Haare und dann gehen wir dein Klamottenproblem an."

Ungläubig blickte Fabienne in den Spiegel. Kira konnte wirkliche Wunder vollbringen. Mit geschickten Handgriffen zauberte sie aus Fabiennes glattem Haar quirlige Locken, von denen sie einige hochsteckte. Als sie damit fertig war, folgten ein dezentes Make-up und etwas Lipgloss.

„So, das hätten wir. Nun die Sachen."

Zielstrebig ging Kira zu Fabiennes Bett und zog ein dunkelblaues Kleid hervor.

„Das ist perfekt!"

„Findest du? Ist das nicht ein bisschen zu gewagt?"

Kritisch legte Fabienne den Kopf schief, während sie das Kleid vor sich hielt und sich im Spiegel betrachtete.

„Es ist perfekt! Vertrau mir!"

Auf dem Weg zu Danielo wurde Fabienne immer nervöser, je mehr sie sich ihrem Ziel näherten.

„Kira, warte mal. Hast du einen Plan?"

Fabienne war stehengeblieben und zupfte sich einen Fussel vom Kleid, den es gar nicht gab.

„Nein. Oder doch! Erst werden wir unsere Herzbuben begrüßen und mit den Wimpern klimpern und wenn sie wider Erwartens nicht drauf anspringen, gehen wir über zu Plan B."

„Und was ist Plan B?"

„Wir suchen uns ein williges Opfer und flirten auf Teufel komm raus, bis Aden und Raik eifersüchtig sind und endlich merken, dass sie UNS wollen."

„Oh, was für ein toller Plan."

Fabienne stöhnte angespannt.

„Ich glaub ja, du spinnst!"

Kira begann herzhaft zu lachen und verschluckte sich dabei an ihrem eigenen Speichel. Sie musste augenblicklich so heftig husten, dass ihr Tränen über die Wangen liefen.

Als sie sich endlich wieder beruhigt hatte, japste sie nach Luft.

„Tja, ich würde sagen, dass war deine gerechte Strafe!"

Fabiennes Laune war mit einem Schlag wieder besser. Was etwas Schadenfreude so alles bewirken konnte.

Frohen Mutes setzten Kira und Fabienne ihren Weg fort.

„Was ist denn nun Plan B?"

„Hab ich dir doch gesagt! Wir machen sie eifersüchtig. Das wird schon. Vertrau mir!"

4

Es war bereits nach zwanzig Uhr, als Kira und Fabienne das Haus von Danielo betraten. Die Party war schon in vollem Gange. Überall standen Leute, die miteinander redeten beziehungsweise sich vielmehr durch die laute Musik hindurch anschrien. Ein paar tanzten ausgelassen. Die Räume waren stickig und viel zu überfüllt. Fabienne suchte mit ihren Augen die Menschenmenge ab. Wo waren bloß Raik und Aden?

Kira entdeckte die beiden als Erste und Fabienne konnte an dem Gesicht ihrer Freundin erkennen, dass es scheinbar doch nicht so einfach werden würde, die beiden zu erobern. Nervös blickte sich Fabienne um und sah dann Raik und Aden umzingelt von einer Schar hübscher Mädchen.

Kira strich Fabienne aufmunternd über die Schulter.

„Komm, jetzt oder nie."

Sie nahm Fabienne an die Hand und zog sie mit sich, direkt auf Raik und Aden zu. Fabienne war gar nicht wohl dabei, aber Kira gab ihr überhaupt keine Chance ein Veto einzulegen.

„Aden! Raik, wie schön!"

Kira umarmte beide herzlich und drückte ihnen einen dicken Kuss auf die Wange. Fabienne stand da und nickte nur zur Begrüßung. Manchmal hasste sich Fabienne wirklich selbst dafür, dass sie nicht so locker wie Kira sein konnte.

Kurze Augenblicke später war Kira mit Aden verschwunden.

Raik trat auf Fabienne zu, küsste sie sanft auf die Wange und lächelte sie anerkennend an.

„Wow, Fabienne! Du siehst echt toll aus! Ist er auch hier?"

Fabienne kniff die Augen zusammen.

„Wen meinst du?"

„Na der Typ, für den du die vielen Herzchen gemalt hast."

Innerlich stöhnte Fabienne. Raik hatte echt keine Ahnung. Am liebsten hätte sie ja gesagt, entschied sich dann aber dagegen und schüttelte den Kopf.

„Ich war auf der Suche nach dir! Magst du ein paar Schritte gehen?"

Raik nickte. In seinen kühnsten Gedanken hätte er sich so was nicht gewagt zu träumen.

Gemeinsam liefen Raik und Fabienne hinunter zum Strand. Die Nacht war sternenklar und es wehte eine lauwarme Frühlingsbrise.

Ein perfekter Abend, um am Meer spazieren zu gehen.

Am Wasser angekommen, zogen Raik und Fabienne ihre Schuhe aus und liefen barfuß durch den weichen Sand. Fabienne liebte das Gefühl, den Sand zwischen den nackten Zehen zu spüren, doch an diesem Abend war das zweitrangig. Was für sie zählte, war hier mit Raik zu sein. Selbst wenn es in Strömen geregnet hätte, der Moment hätte für Fabienne nicht schöner sein können.

Raik blieb stehen und hob eine kleine pastellfarbene Muschel auf. Er befreite sie vom Sand und hielt sie dann Fabienne hin.

„Danke."

Mehr war Fabienne nicht imstande zu sagen, denn sie wollte die Magie des Augenblicks aufrechterhalten.

Ein freches Grinsen erschien auf Raiks Gesicht.

„Was meinst du, sollen wir schwimmen gehen?"

„Jetzt? Aber wir haben doch keine…"

Fabienne brach mitten im Satz ab. Wen interessierten jetzt schon Badesachen und Handtücher? Raik wollte mit ihr schwimmen. Jetzt. Warum machte sie alles immer so kompliziert? Schnell wischte Fabienne alle Zweifel aus ihren Gedanken und öffnete verführerisch lächelnd den Reißverschluss ihres Kleides am Rücken. Elegant ließ sie das Kleid von ihren Schultern gleiten und schlüpfte geschickt heraus, als es auf dem Boden landete.

Raik schaute Fabienne verblüfft an. Eigentlich hatte er doch nur einen Spaß machen wollen. Aber nun?

Wieder einmal fiel Raik auf, wie schön Fabienne war!

Diese Suppe hatte er sich selbst eingebrockt. Kneifen war jetzt ausgeschlossen.

Mit zitternden Fingern knöpfte Raik sein khakifarbenes Hemd auf und streifte es ab. Danach öffnete er seine Hose und ließ auch sie in den Sand fallen.

Nach einem kurzen Zögern trat Raik auf Fabienne zu. Er küsste sie leidenschaftlich und öffnete dabei ihren BH. Als sich ihre Lippen wieder voneinander trennten, blickten sich beide tief in die Augen.

Raik nahm Fabiennes Hand und zog sie mit sich. Das Meer war kühl und Fabienne blieb abrupt stehen, als das Wasser ihre Füße umspielte. Lachend drehte sich Raik zu Fabienne. Er blickte sie an und verlor sich sogleich in ihren türkisfarbenen Augen. Kurzentschlossen hob er sie hoch und legte sie sich über seine Schulter. Fabienne schrie und jauchzte, während Raik immer tiefer ins Wasser lief.

Dann ließ er sie runter.

Fabienne konnte kaum atmen, so kalt kam ihr das Wasser vor. Hektisch fuchtelte sie mit ihren Armen und umklammerte dann Raiks Hals.

Diese Nähe brachte Fabienne fast um den Verstand. Sie spürte Raiks Atem auf ihrer Wange.

Sie küssten sich immer und immer wieder. Tausende Schmetterlinge kribbelten in Fabiennes Bauch. Ihr war schwindelig und trotzdem waren all ihre Sinne gespitzt, denn sie wollte unter gar keinen Umständen auch nur eine kleine Winzigkeit dieses Beisammenseins verpassen.

Für Raik war es das Größte. Wie lange hatte er sich danach gesehnt, nach ihr gesehnt? Und wie gut sie schmeckte. Er wollte sie so unbedingt, begehrte sie so sehr, dass es fast schon wehtat. Doch er durfte das nicht. Es war ein Riesenfehler.

Raik schloss die Augen und atmete tief durch. Dann blickte er Fabienne an und strich ihr sanft eine Haarsträhne hinters Ohr.

„Komm, lass uns wieder aus dem Wasser gehen. Du bist ja schon ganz blau."

Fabienne war völlig irritiert, denn ihr fiel sogleich Raiks Veränderung auf. Hatte sie etwas falsch gemacht? Was war plötzlich los?

Am Strand angekommen konnte Fabienne gar nicht so schnell zittern, wie ihr kalt war. Hurtig schlüpfte sie in ihr dünnes Kleid, was sie nie im Leben zu wärmen vermochte. Raik hängte Fabienne sein Hemd über die Schulter. Dann gingen beide schweigend zurück zur Straße.

Die Luft knisterte vor Spannung.

Was war nur passiert? Fabienne verstand die ganze Welt nicht mehr. Doch sie wagte nicht zu fragen.

Den ganzen Weg über bis vor Fabiennes Haustür sprach niemand ein Wort. Fragend schaute Fabienne Raik an.

Raik beugte sich vor und hauchte Fabienne einen Kuss auf die Wange. Dann flüsterte er: „Okay, ich werd dann mal."

Mit diesen Worten rannte er los.

„Aber was ist mit deinem Hemd?"

„Ich nehme es beim nächsten Mal mit. Bye."

Hatte sie sich grad wirklich nach dem Hemd erkundigt? Fassungslos über sich selbst schüttelte Fabienne den Kopf.

Unter Tränen holte Fabienne den Haustürschlüssel hervor, der immer unter dem großen Blumentopf vor der Eingangstür versteckt lag. Ihre Finger zitterten, sodass sie große Mühe hatte, die Tür aufzuschließen. Nachdem sie den Schlüssel zurückgelegt hatte, ging sie ins Haus.

Alles war dunkel. Fabienne tastete sich ihren Weg in ihr Zimmer in der ersten Etage. Unterwegs stolperte sie fast über Adens Schuhe und fluchte leise vor sich hin.

Der Vollmond schien durch Fabiennes Fenster und erleuchtete jeden Winkel. Fabienne ließ sich aufs Bett fallen. Jetzt wollte sie weinen. Aber es kamen keine Tränen, sondern es huschten nur Fragen durch ihren Kopf. Und ganz oben auf ihrer Frageliste stand: Was habe ich falsch gemacht?

Stöhnend wälzte sich Fabienne auf ihrem Bett umher.

„Lach mich nicht aus!", knurrte sie den Vollmond an und schleppte sich dann ins Badezimmer. Eine schöne heiße Dusche würde ihr sicher helfen, einen freien Kopf zu bekommen.

Während Fabienne unter dem heißen Wasserstrahl stand, konnte sie an nichts anderes denken als an diesen Abend. Alles war doch so schön gewesen. Wieso hatte es so abrupt geendet?

Sie drehte die Dusche aus und hüllte sich in ein Handtuch. Dabei betrachtete sie kritisch ihr Spiegelbild. Sie streckte

sich selbst die Zunge heraus und tapste dann in ihr mond-
scheindurchflutetes Zimmer. Dort ließ sie sich auf ihr Bett
fallen und dann kamen sie endlich. Die Tränen, auf die sie
schon so lange gewartet hatte.

5.

Raik rannte ohne Pause bis zu sich nach Hause. Völlig außer Atem kam er an. Er japste wie wild nach Luft, als er die Haustür aufschloss und das Stechen in seinen Seiten war kaum auszuhalten. Doch er hatte es verdient - das wusste er.

Wie er die arme Fabienne behandelte hatte. Sie hatte es überhaupt nicht verdient, so vor den Kopf gestoßen zu werden. Was war nur los mit ihm?

Im Grunde genommen wusste er es. Er hatte sich von seinen Gefühlen für Fabienne übermannen lassen und hatte einfach nicht nachgedacht. Doch es durfte einfach nicht sein.

Im Haus war es dunkel und still. Raik empfand es als großes Glück, dass seine Eltern an diesem Wochenende verreist waren, denn er brauchte dringend Ruhe zum Nachdenken.

Das würde sie ihm sicher nie verzeihen. War das nun auch das Ende ihrer Freundschaft?

Raik wollte seinen Kopf frei bekommen, doch sein einziger Gedanke galt Fabienne. Sie war so schön und wie weich sich ihre Haut anfühlte. Selbst als sie eine Hühnerpelle hatte, war sie weich wie Samt. Und er dachte an ihre apfelförmigen Brüste und an den süßen Geschmack ihrer Lippen.

Diese Gedanken quälten ihn. Wie gerne hätte er sie voll ausgekostet und Stück für Stück jeden Zentimeter von ihr erforscht. Aber dann hatte er ihren Blick gesehen. Eigentlich vermochte Raik nicht zu erklären, was es war, aber etwas in diesem Blick zeigte so viel Unschuld und Angst, dass es Raik unmöglich gewesen war, weiter zu machen. Er hatte plötzlich Riesenschiss bekommen, sie zu verletzen. Aber hatte er das nicht gerade getan, als er sie plötzlich so unsanft von sich gewiesen hatte?

Raik ging in sein Zimmer, kramte seine Sportsachen hervor, zog sich um und betrat dann den Fitnessraum seines Vaters.

Er powerte sich aus, bis seine Muskeln brannten. Doch nichts schmerzte ihm so sehr wie sein Herz.

Später, als Raik im Bett lag, dachte er noch immer an Fabienne. Er wusste einfach nicht, wie er das wieder gerade biegen sollte.

6.

„Und dann ist er einfach davongerannt."

Noch immer weinte Fabienne und Kiras Shirt war schon ganz nass von den Tränen ihrer Freundin.

„Das verstehe ich nicht! Wieso hat er das getan?"

„Wenn ich das doch nur wüsste!"

Fabienne warf sich auf ihrem Bett hin und her. Immerzu musste sie darüber nachdenken, was mit Raik los gewesen sein könnte, wieso er so plötzlich weggelaufen war und was sie vielleicht falsch gemacht hatte. Und wenn sie nicht grübelte, sah sie Raik vor ihrem inneren Auge, wie er sie berührte und sie küsste und wie schön alles gewesen war. Und dann kamen wieder die Tränen.

So mies hatte sich Fabienne noch nie gefühlt.

Kira streichelte über Fabiennes Rücken. Ihr fielen keine passenden Worte ein, aber sie wusste genau, was sie beim nächsten Treffen Raik alles an den Kopf werfen würde. Zuerst würde sie ihm eine schallende Ohrfeige verpassen und danach würde sie ihm alles sagen, was ihr gerade durch den Kopf ging. Oh ja, sie würde ihm so viel Leid antun, wie es Fabienne gerade durchleben musste.

„Wie lief es denn mit dir und Aden?"

Kira zuckte aus ihren Rachegedanken und bekam augenblicklich ein schlechtes Gewissen.

„Ach, da gibt es nichts zu berichten."

Fabienne richtete sich auf und blickte ihre Freundin eindringlich an.

„Kira, was soll das?"

„Ach Mensch, Fabi, was soll ich dir jetzt sagen? Dir geht's nicht gut wegen Raik. Da kann ich doch nicht…"

Mitten im Satz brach Kira ab. Es hatte gar keinen Sinn Fabienne etwas vorzumachen. Die zwei waren schon seit dem Kindergarten befreundet und hatten noch nie Geheimnisse voreinander gehabt. Aber jetzt fiel es gerade Kira so unendlich schwer, Fabienne in die Augen zu sehen.

„Es war ganz nett."

„Es war ganz nett? Machst du Witze? Kira, was ist los? Ich bin deine Freundin! Und bloß weil's mir grad scheiße geht, freu ich mich doch für dich, wenn's dir gelungen ist, Aden zu verzaubern."

Kira seufzte.

„Okay, okay, es war mehr als nett."

„Kira! Verschon mich bitte nicht mit Details! Also?"

„Na gut. Also, ich bin mit Aden auf die obere Terrasse. Dort haben wir wie wild geknutscht. Ich konnte sofort spüren, wie sehr das ganze Aden erregte. Falls du verstehst, was ich meine."

Kira zwinkerte Fabienne zu.

Ein kleiner Stich durchzuckte Fabiennes Herz, denn auch sie hatte Raiks Erregung deutlich spüren können. Aber sie ließ sich nichts anmerken, sondern hörte ihrer Freundin gebannt zu.

„Dann habe ich ihm ins Ohr geflüstert, ob wir uns nicht ein netteres Plätzchen suchen wollen. Aden war gar nicht fähig mir zu antworten und hat nur genickt. Dann sind wir zurück ins Haus und haben in die einzelnen Zimmer gelugt, bis wir ein freies fanden. Es war so dunkel darin, dass man kaum etwas sehen konnte. Aden hat die Tür hinter uns abgeschlossen. Mein Herz hat wie wild gepocht und wir haben uns wieder geküsst. Er hat ganz zärtlich seine Hände unter mein Shirt geschoben und sanft meine Haut berührt. Dann zog er mir mein Shirt über den Kopf und warf es achtlos auf den Boden. Wir zogen uns also gegenseitig aus und küssten uns dabei die ganze Zeit. Irgendwann standen wir uns nackt gegenüber und ließen uns dann aufs Bett fallen."

Kira räusperte sich.

„Nun ja, und so hab ich also meine Unschuld verloren."

Fabienne, die für einen Moment ihren ganzen Kummer vergessen hatte, strahlte Kira an und umarmte sie dann innig.

„Und, war es genauso toll wie alle immer behaupten? Hat es sehr wehgetan? Mensch Kira, ich freu mich so für dich! Ihr habt doch an Verhütung gedacht, oder?"

„Nein, es hat nicht wehgetan. Naja, vielleicht ein bisschen. Aber dein Bruder war echt zärtlich. Schöner hätte mein erstes Mal gar nicht sein können. Und ja, natürlich haben wir daran gedacht."

Kiras Blick war nun ganz glasig und träumerisch.

„Seid ihr jetzt so richtig fest zusammen?"

Kira blinzelte.

„Ich hoffe es sehr. Nein, vielmehr: Ich will es! Oh Mann, so verliebt war ich noch nie. Er ist die Liebe meines Lebens."

„Ich weiß, was du meinst", sagte Fabienne zärtlich.

 $\mathcal{D}$ ie nächsten Tage vergingen und Fabienne mied jede Situation, die zu einem Treffen mit Raik führen konnte. Sie war regelrecht eine Meisterin der Tarnung geworden. Enorm hilfreich war dabei, dass Kira die meiste Zeit mit A-den verbrachte, und Fabienne deshalb nicht in Erklärungsnot kam, weshalb sie nicht ausgehen wollte.

Fabienne erwachte in der Nacht. Was war das eben für ein Geräusch gewesen?

Da war es wieder!

Leise glitt Fabienne aus ihrem Bett und schlich zu ihrer Zimmertür. Dann lauschte sie. Stimmen drangen zu ihr nach oben. Fabiennes Herz klopfte wie wild. Ihr fiel ein Film ein, den sie letzte Woche gesehen hatte. In dem war auch ein Mädchen durch laute Geräusche aus dem Schlaf erwacht und dann war ein Mörder im Haus gewesen, der die ganze Familie ausgelöscht hatte.

Augenblicklich fröstelte es Fabienne, aber trotz ihrer Angst *musste* sie einfach nachschauen, was los war.

Zaghaft öffnete sie die Tür und war fast erleichtert, als sie die streitenden Stimmen ihrer Eltern erkannte. Entschlossen ging sie zur Treppe und blieb wie angewurzelt auf der oberen Treppenstufe stehen.

„Dachtest du etwa, ich komm nie dahinter? Hältst du mich wirklich für so blöd?"

Zornentbrannt leerte Fabiennes Vater sein Bier und feuerte die Flasche an die Wand.

Das klirrende Glas ließ Fabienne zusammenzucken.

„Oh ja, der perfekte Loki! DU bist ja noch nie fremdgegangen. Ich habe endlich das Gefühl atmen zu können. Verstehst du? Aber das kannst du ja gar nicht verstehen. Bei dir dreht sich immer alles um dich. Aber diesmal nicht! Ich lasse mir mein Leben nicht mehr von dir diktieren."

Mit diesen Worten drehte sich Fabiennes Mutter um, nahm ihre gepackte Tasche und ging zur Tür hinaus.

Fabiennes Vater eilte ihr hinterher.

„Bella, verdammt! Wo willst du hin?"

„Weg! Ich kann das alles einfach nicht mehr."

„Wenn du jetzt gehst, brauchst du nie wieder zu kommen. Verstehst du, Bella? Nie wieder!"

Wütend schleuderte Loki die Tür hinter seiner Frau zu. Als er sich umdrehte, stand Fabienne vor ihm und blickte ihn mit Tränen in den Augen an.

„Fabienne!"

„Dad, was ist los? Wieso habt ihr gestritten?"

„Oh, Fabi!"

Fast mitleidig blickte Loki seine Tochter an.

„Was machst du hier? Ich… ich dachte, du wärst aus!"

„Nein, bin ich nicht! Was ist los? Wo geht Mum hin?"

Erschöpft glitt Loki zu Boden und stützte sein Gesicht auf seine Hände.

„Sie ist weg. Diese Schlampe hat uns verlassen. Weil sie einen anderen liebt, der sie atmen lässt."

Loki schnaufte verächtlich.

„Hör auf, so von ihr zu reden!"

Fabienne hielt sich entschlossen die Ohren zu und torkelte aus dem Zimmer Richtung Haustür. Die Rufe ihres Vaters drangen nicht zu ihr durch, denn das alles, was er jetzt sagte, war ihr egal. So durfte er doch einfach nicht von ihrer Mutter reden! Das waren alles Lügen oder sie befand sich in einem Riesenalptraum.

Wie im Rausch schlüpfte Fabienne durch die Haustür ins Freie, bevor ihr Vater sie zurückhalten konnte. Sie lief so schnell sie konnte in die Nacht. Ihre Gedanken kreisten wie wild in ihrem Kopf. Was sollte sie jetzt nur tun?

Ihre Mutter suchen! Aber wo?

Sie musste mit jemanden reden, sich von ihrer Last befreien. Aber mit wem?

Aden!

Aber der war ja irgendwo mit Kira.

Aden fiel also weg und Kira somit auch.

Kurz überlegte Fabienne, beide auf ihren Handys anzurufen, entschied sich dann aber dagegen. Sie konnte und wollte die zwei nicht stören.

Es gab nur eine Person auf dieser Welt, der Fabienne neben Aden und Kira bedingungslos vertraute. Ohne weiter darüber nachzudenken suchte Fabienne nach ihrem Handy.

„Scheiße!"

Fabienne brach völlig in Tränen aus und ließ sich auf die Bordsteinkante sinken. Erst jetzt fiel ihr auf, dass sie nur ihren Pyjama trug. An ihrem rechten Fuß klaffte eine blutende Wunde. Sie hatte gar nicht bemerkt, dass sie keine Schuhe anhatte.

Was für ein Alptraum. Schlimmer konnte es doch gar nicht sein, als mitten in der Nacht alleine im Pyjama ohne Schuhe und ohne Handy herumzuirren und sich zu fragen, ob ihr Vater vielleicht doch die Wahrheit gesprochen haben könnte. Hatte ihre Mutter wirklich eine Affäre? Und war sie für immer gegangen?

Alles kam Fabienne plötzlich so unwirklich vor.

Was nun? Nach Hause wollte sie auf gar keinen Fall. Weinend stand Fabienne auf. Vielleicht war er ja zu Hause.

Humpelnd schlich Fabienne wie ein Dieb zu Raik nach Hause. Das ganze Haus war dunkel.

Wie spät es wohl war? Fabienne blickte sich um. Die Straße war menschenleer.

Sie nahm all ihren Mut zusammen und drückte auf den Klingelknopf. Das *kliiiing* schallte durch die Nacht. Dann herrschte Stille.

Fabienne klingelte noch einmal. Nichts. Entmutigt setzte sie zum Gehen an, als sich hinter ihr die Tür einen Spalt öffnete.

„Fabienne?"

Fabienne blieb stehen und drehte sich um.

„Mein Gott, Fabienne! Was ist passiert?"

Wieder weinte Fabienne und schmiegte sich in Raiks Arme.

„Brauchst du einen Arzt?"

Energisch schüttelte Fabienne den Kopf.

Einige Zeit später saß Fabienne am Küchentisch und trank einen heißen Tee. Raik hatte ihr eine Decke um die Schultern gelegt und kümmerte sich um die Verletzung an ihrem Fuß. Genau wie Fabiennes Eltern war Raik bei der Freiwilligen Feuerwehr tätig und wusste, wie er die Wunde zu reinigen und zu verbinden hatte.

Es war ein seltsames Gefühl für Fabienne hier bei Raik zu sein, den sie seit der Nacht am Meer nicht mehr gesehen hatte. Und auch Raik fühlte Unbehagen, ließ es sich aber nicht anmerken.

Nachdem er den Verbandskasten wieder an seinen Platz geräumt hatte, setzte sich Raik Fabienne gegenüber und nahm ihre Hand. Liebevoll blickte er sie an.

„Magst du mir jetzt erzählen, was geschehen ist?"

Fabienne sortierte kurz die Gedanken in ihrem Kopf und dann berichtete sie Raik, was sich ereignet hatte, seit sie vom Streit ihrer Eltern wach geworden war.

Raik schüttelte den Kopf.

„Das hätte ich nie von deiner Mutter gedacht."

„Ich auch nicht! Vielleicht ist das ja auch gar nicht wahr."

Wie ein trotziges Kleinkind stampfte Fabienne mit ihrem rechten Fuß auf und bereute dies sofort, denn ein stechender Schmerz durchzuckte ihren Körper.

„Oh, Fabienne, es tut mir so leid. Wenn ich dir doch nur irgendwie helfen könnte."

Mitfühlend sah Raik in Fabiennes türkisfarbene Augen, die vom Weinen ganz gerötet waren. Sie lächelte matt.

„Wo sind deine Eltern?"

„Die sind übers Wochenende weg. Mein Vater ist mal wieder auf irgend so ner Tagung und meine Mutter hat ein Wellness-Wochenende mit ihren Mädels."

Raik zuckte mit den Schultern.

„Magst du hier bleiben heut Nacht? Ich könnte dir das Gästezimmer richten."

Das war ein tiefer Stich in Fabiennes Herz. Wieder fragte sie sich, was sie falsch gemacht hatte. Das passte doch alles überhaupt nicht zusammen. So wie er sie ansah, wie er mit ihr sprach, wie zärtlich er vorhin ihre Hand gehalten hatte. Und nun wollte er ihr das Gästezimmer richten? Wovor hatte er Angst?

„Gern. Oder lieber doch nicht. Ach, ich weiß ja auch nicht."

Raik lächelte und zog Fabienne in seine Arme.

„Wenn du magst, kannst du auch bei mir mit im Bett schlafen. Aber ich warne dich schon mal vor: Ich schnarche nämlich ganz fürchterlich."

8

Mit einem Lächeln im Gesicht erwachte Fabienne. So gut hatte sie schon lang nicht mehr geschlafen. Sie hatte es so sehr genossen, in Raiks Armen zu liegen und seinen Atem in ihren Haaren zu spüren.

Raik indessen hatte in der Nacht kaum Schlaf gefunden. Es wurde ihm noch immer warm ums Herz, als er an die schlafende Fabienne zurückdachte. Sie hatte so friedlich ausgesehen und so im Mondschein eingehüllt, hatte sie einem Engel geglichen.

Als Fabienne die Küche betrat, hielt Raik ihr schon zur Begrüßung einen dampfenden Tee entgegen.

„Guten Morgen! Mit zwei Stück Zucker, stimmt's?"

„Guten Morgen! Dass du dir das gemerkt hast."

Argwöhnisch betrachtete Fabienne Raik.

„Klar, von gestern Abend war's ja nicht so schwer."

Raik lachte rau. Und auch Fabienne musste lachen.

„Ich hab Aden schon angerufen. Er und Kira werden bald hier sein. Du musst es ihm erzählen!"

„Ich weiß."

Urplötzlich war Fabiennes gute Laune wieder verflogen. Sie dachte an die letzte Nacht und den Streit ihrer Eltern. Tränen stiegen ihr in die Augen.

„Wenn du magst, kannst du duschen. Ich hab Kira gesagt, sie soll dir ein paar Sachen mitbringen."

„Danke."

Fabienne hauchte Raik einen Kuss auf die Wange und verschwand dann im Badezimmer.

Der warme Strahl der Dusche tat so gut auf ihrer Haut. Was sollte sie Aden nur erzählen? Die Wahrheit, ganz klar! Aber was kam dann?

Durch ein Klopfen an die Badezimmertür wurde Fabienne aus ihren Gedanken gerissen. Ob es Raik war?

„Ja?"

„Ich bin`s, Kira. Kann ich reinkommen?"

Ein seufzendes Lächeln huschte über Fabiennes Gesicht und sie schüttelte über sich selbst den Kopf. Wie hatte sie auch nur eine Sekunde annehmen können, es wäre Raik?

„Natürlich."

Kira trat ein und umarmte ihre Freundin.

„Ist alles okay?"

Fabienne nickte und zeitgleich stiegen ihr Tränen in die Augen.

„Ach, Maus! Wieso bist du denn nicht gleich zu mir gekommen?"

„Ich weiß nicht, ich wollte ja, aber ich konnte euch doch nicht stören."

„Oh Fabi, du bist meine beste Freundin. Du störst mich doch nie! Nichts ist mir so wichtig wie du! Hörst du? Nicht mal Aden. Hier, zieh das an. Raik meinte, du brauchst Klamotten."

Dankbar nahm Fabienne Kiras Sachen entgegen. Kira war ein echter Schatz, sie hatte sogar an eine Haarbürste und etwas Kosmetik gedacht.

Nachdem Fabienne fertig war, gingen die Mädchen zurück in die Küche, wo Aden und Raik schon warteten.

Während Fabienne ihre Erlebnisse der vergangenen Nacht schilderte, herrschte Stille im Raum. Und auch danach sagte lange niemand ein Wort.

Kira streichelte über Fabiennes Arm.

„Mensch, Fabi, das ist ja furchtbar!"

„Ich kann es gar nicht glauben, dass du von unseren Eltern sprichst."

Aden war sehr blass geworden und Unbehagen zeichnete sich in seinem Gesicht ab.

Behutsam schloss Aden die Haustür auf und schob sie auf. Der Anblick, der sich Raik, Kira, Aden und Fabienne bot, ließ alle vier erstarren. Fast alle Möbelstücke waren zerschlagen worden und der Inhalt der Schränke lag auf dem Boden verteilt. Es sah aus wie nach einem Hurrikan, der durch dieses Haus gewütet war, oder wie nach einem Einbruch mit Vandalismus. Aber allen war klar, dass Fabiennes und Adens Vater Loki die Kontrolle über sich völlig verloren hatte.

Weinend kniete sich Fabienne nieder und berührte sanft mit ihren Fingerspitzen die Scherben der zu Bruch gegangen Kristallschale ihrer verstorbenen Großmutter.

Raik hockte sich neben sie und strich ihr eine Haarsträhne aus dem Gesicht.

„Komm, wir räumen hier erstmal auf. Vielleicht findet sich ja noch was, das heil geblieben ist."

Fabienne nickte. Wäre sie doch gestern Nacht nur nicht weggelaufen. Dann würde es jetzt hier nicht so aussehen.

Aden stieg die Treppe hinauf und kam nur ein paar Augenblicke später wieder runter.

„Oben sieht alles normal aus. Es scheint ihm genügt zu haben, sich hier auszutoben."

„Ist er da?"

Verneinend schüttelte Aden den Kopf.

Es dauerte bis in die frühen Abendstunden, bis das ganze Chaos beseitigt war. Aden und Raik hatten die kaputten

Möbelstücke wieder notdürftig repariert. Aber es war schon jetzt klar, dass dies nur eine Notlösung war und so bald wie möglich eine neue Zimmereinrichtung angeschafft werde musste.

Den Abend beendeten die vier in einem kleinen italienischen Restaurant mit Pizza und Cola. Keiner von ihnen sprach über die Geschehnisse des Tages und doch hingen zwei große Fragen über ihnen: Wo war Bella hingegangen? Und wo hielt sich Loki auf?

9

„Puh, grad noch geschafft. Sag mal, Fabi, hast du Chemie gemacht?"

Hastig packte Kira Block und Stifte auf den Tisch und ließ sich dann auf den freien Platz neben Fabienne plumpsen.

„Du hast sie wieder nicht? Mann, Kira, was ist los? So schaffst du die Klausur nächste Woche nie."

„Hey, mach kein Drama draus. Ich pack das schon. Vertrau mir!"

Kira zwinkerte Fabienne zu. Diese verdrehte nur die Augen.

„Mein Bruder tut dir echt nicht gut", stellte Fabienne nüchtern fest. Doch darüber lachte Kira nur.

Ihre Mittagspause verbrachten die Freundinnen in der Mensa. Es herrschte reges Gedränge dort und eine Lautstärke zum Kopfschmerzen bekommen. Sie hatten sich einen kleinen Tisch in der hintersten Ecke gesichert und grübelten über ihren Mathematikhausaufgaben.

„Wer soll diesen Scheiß verstehen?"

Fabienne biss auf ihrem Bleistift herum.

„Wir sollten unseren Streber fragen. Ich hab echt keinen Bock mehr."

Kira ließ ihren Kugelschreiber auf die Tischplatte knallen.

„Wie sieht's aus, gehen wir heut Nachmittag shoppen?"

„Ach, gibt dir Aden etwa frei?"

Fabienne lachte, denn sie wusste genau, warum Aden heut keine Zeit für Kira hatte.

„Geht aber leider nicht. Mein Vater hat Aden und mich beauftragt, neue Möbel auszusuchen. Das wollen wir heute nach der Schule machen und ich weiß echt nicht, wie spät es wird. Ach, das hab ich dir ja noch gar nicht erzählt! Gestern kam eine Karte von meiner Mutter."

„Und das erzählst du mir erst jetzt? Was schreibt sie?"

Kira schaute Fabienne fassungslos an.

„Sie ist in Italien, um nachzudenken."

„Oh! Und wie geht es dir dabei?"

Fabienne zuckte mit den Schultern und ließ Kiras Umarmung zu, die so unendlich gut tat.

„Wieso hast du Kira nicht gefragt, ob sie mitkommen will?"

Behutsam strich Fabienne mit den Fingern über die hölzerne Oberfläche einer antikwirkenden Anbauwand.

„Sag nicht, die findest du schön!"

Manchmal zweifelte Aden wirklich an Fabiennes Geschmack. Er rümpfte die Nase und war sehr erleichtert, als er sah, dass seine Schwester den Kopf schüttelte.

„Weißt du, ich wollte auch mal wieder mit dir allein Zeit verbringen. Du weißt schon, Bruder-Schwester-Zeit und so. Mit Kira das ist toll, aber halt nicht immerzu. Was ist das eigentlich mit dir und Raik?"

Gedankenverloren blickte Fabienne zu Aden. Ja, was war das eigentlich mit ihr und Raik?

„Ich weiß nicht. Ich schätze, es ist nichts. Wir sind halt Freunde."

Sie war sehr vorsichtig bei ihrer Wortwahl und beobachtete ganz genau die Reaktion ihres Bruders. Doch dieser zuckte nicht mal mit der Wimper.

„Aber du hättest gern mehr von ihm als Freundschaft?"

Fabienne zuckte mit den Schultern, aber ihr Blick verriet sie.

„Ich werd mal mit ihm reden."

Mit diesen Worten setzte Aden seinen Weg durchs Möbelgeschäft weiter fort. Fabienne folgte ihm schweigend. Vielleich war es gut, wenn Aden mal mit Raik sprach. Wer weiß, sie hatte ja nichts zu verlieren.

„Und du und Kira? Es ist richtig ernst bei euch."

„Kira", Aden hauchte fast anmutig ihren Namen, „sie ist so toll! Ich hätte nie gedacht, dass es so sein könnte, aber mich interessieren keine anderen Mädchen mehr. Sie macht mich glücklich und ich fühle mich ganz. Es klingt vielleicht blöd, aber mit ihr will und werde ich mein gesamtes Leben verbringen."

Fabienne hatte einen dicken Kloß im Hals. Diese Gefühle kannte sie nur zu gut. Sie umarmte ihren Bruder innig. Genau dieses Glück verdiente er. Und Kira natürlich auch.

10.

Aden wartete auf den richtigen Moment, um mit Raik über Fabienne zu reden.

Es war zum Aus-der-Haut-Fahren, es ergab sich einfach nichts. Irgendwie waren sie nie allein oder die Situation wäre unpassend gewesen.

Ein paar Wochen nach dem Möbelhausbesuch mit Fabienne ergatterte Aden Karten für ein großes Fußballspiel. Er war sehr euphorisch, als er es Raik mitteilte. Nicht nur, weil er sich wirklich auf das Spiel freute, sondern weil das seine große Chance war, während des Spiels, so nebenbei wie möglich, Raik auf Fabienne anzusprechen.

Das Stadion war bis auf den letzten Platz ausverkauft. Wo man hinblickte, waren Fans. Die Stimmung war gigantisch. Nach dem Anpfiff folgte eine spannende erste Halbzeit mit regem Ballwechsel.

Während der Pause standen Aden und Raik am Getränkestand an. Um sie herum waren Gelächter und künstlich aufgebauschte Debatten über die Qualitäten der einzelnen Spieler.

„Sag mal, was ist da zwischen dir und meiner Schwester?"

Verdutzt blickte Raik Aden an. Doch dieser verzog keine Miene. Mit allem hatte Raik gerechnet, aber nicht mit solch einer Frage.

„Ich weiß nicht, was du meinst. Wir sind Freunde."

„Ach komm, willst du mich für dumm verkaufen? Es knistert doch ganz offensichtlich ganz gewaltig zwischen euch."

Aden bestellte bei der total überfordert wirkenden Verkäuferin zwei Cola, zahlte und reichte dann einen Becher an Raik weiter.

„Die Sache ist die: Meine Schwester mag dich und du magst sie. Doch aus irgendeinem dämlichen Grund ziert ihr euch. Falls es ist, weil sie meine kleine Schwester ist, kann ich dich beruhigen. Ich würde sie niemanden mehr anvertrauen als dir."

Aden machte eine kurze Pause, um seinen Worten Nachdruck zu verleihen.

„Doch ich warne dich! Vermassel es nicht!"

„Was meinst du mit vermasseln?"

„Mann, Raik, tu ihr einfach nicht weh, denn sonst müsste ich meinem besten Freund eine reinhauen."

Aden lachte und täuschte einen Kinnhaken an, der Raik zurückzucken ließ.

„Pah! Aber du meinst echt, es wär okay für dich, wenn Fabienne und ich ein Paar wären?"

Die gesamte zweite Halbzeit bekam Raik gar nicht wirklich etwas vom Fußballspiel mit. Seine Gedanken schwirrten um Fabienne. Wie sollte er es denn anstellen, ihr noch einmal so nahe zu kommen? Sollte er sie um ein Date bitten oder doch lieber abwarten? Vielleicht sollte er sie einfach küssen und dann auf ihre Reaktion warten. Aber was, wenn sie ihn gar nicht mehr wollte?

„TOR!!! TOR!!! Mann, hast du das gesehen? Das war echte Weltklasse!"

Aden war aufgesprungen und jubelte.

Genug gegrübelt. Raik stand ebenfalls auf. Er würde einfach abwarten, mit der Zeit würde sich schon was ergeben.

Auf dem Heimweg redete Aden unentwegt über das Fußballspiel. Er strotzte regelrecht vor Energie. Raik indessen sprach kaum ein Wort und konzentrierte sich auf die Straße. Er lenkte gerade den alten Ford seiner Mutter in die Straße, in der Aden mit seiner Familie zu Hause war, als ihnen ein Krankenwagen mit Blaulicht und Sirene entgegen kam. Rasch fuhr Raik in eine Lücke von parkenden Autos und erblickte Fabienne. Sie lief auf sie zu und schon von weitem erkannte er, dass sie weinte.

Raik sprang aus dem Wagen heraus. Aden tat es ihm gleich.

„Was ist passiert?"

„Es ist..."

Mitten im Satz brach Fabienne ab und stürzte sich schluchzend in die Arme ihres Bruders. Dieser strich ihr zart übers Haar.

„Es ist was mit Papa. Er ist vor Schmerzen zusammengebrochen. Ich habe sofort den Notarzt gerufen und der hat ihn gleich mitgenommen."

Fabiennes letzte Worte gingen in ihren Tränen unter.

„Kommt, ich fahr euch ins Krankenhaus."

Während der gesamten Fahrt sprach niemand ein Wort. Raik fuhr so ruhig wie möglich und zwang sich dazu, sich an das Tempolimit zu halten.

Jede rote Ampel war wie ein Fluch. Doch er wartete geduldig.

Vor dem Haupteingang des Krankenhauses hielt Raik an und drehte sich zu Aden und Fabienne, die beide wie verängstigte Kinder auf dem Rücksitz kauerten.

„Steigt ihr schon mal aus. Sobald ich einen Parkplatz gefunden habe, komme ich nach."

Zwanzig Minuten später traf Raik auf der Station ein. Aden und Fabienne saßen auf einer kleinen Bank vor dem Behandlungszimmer. Als Aden Raik sah, stand er auf.

„Hey Mann, da bist du ja."

„Wisst ihr schon was?"

Fabienne schüttelte müde den Kopf. Ihre Augen waren vom Weinen ganz rot und ihre Haut war blass.

Die nächste Stunde zog sich ewig lang für sie. Keiner von ihnen sprach auch nur ein Wort.

Dann öffnete sich die Schwingtür und ein Mann im weißen Kittel trat auf Aden, Fabienne und Raik zu.

„Hallo! Ich bin Dr. Benx. Sie sind die Kinder von Herrn Kaprys?"

Aden und Fabienne erhoben sich und reichten nacheinander dem jungen Arzt die Hand.

„Mich freut es, dass ich Ihnen mitteilen kann, dass es Ihrem Vater den Umständen entsprechend gut geht."

Fabienne atmete hörbar aus. Erst da merkte sie, dass sie die Luft angehalten hatte.

„Allerdings hat sich der Verdacht des Notarztes auf eine Thrombose bestätigt. Es war gut, dass so schnell reagiert und ihr Vater hergebracht wurde."

Mit diesen Worten wendete sich der Arzt zum Gehen ab.

„Dürfen wir zu ihm?"

Das Herz klopfte Fabienne bis zum Hals.

„Ja, aber nicht so lang."

11.

„Wir müssen Mama finden und es ihr sagen!"

„Klar, nichts leichter als das! Und wie stellst du dir das vor, Fabienne?"

„Keine Ahnung. Wir könnten ihr doch eine Nachricht auf der Mailbox hinterlassen, dass Papa im Krankenhaus liegt. Vielleicht meldet sie sich ja dann."

„Also, ich finde die Idee gar nicht schlecht! Fabienne, ruf an. Einen Versuch ist es allemal wert. Aden, bitte! Es wird alles gut."

Zaghaft umarmte Kira ihren Freund. Die Besorgnis sah man ihm an. Noch nie hatte sie ihn so gebrochen gesehen. Dieser Anblick schmerzte Kira sehr. Doch was konnte sie schon tun?

Als Aden und Fabienne am Nachmittag das Krankenzimmer ihres Vaters betraten, trauten sie ihren Augen kaum.

„Mama", flüsterte Fabienne.

Bella stand auf und umarmte ihre Kinder nacheinander, dabei entschuldigte sie sich flüsternd für ihre lange Abwesenheit.

„Ich habe eure Nachricht abgehört und bin sogleich ins Krankenhaus gefahren. Danke, dass ihr mir Bescheid gegeben habt!"

Loki lag im Krankenhausbett und sein Gesicht war genauso weiß wie das Kissen. Er lächelte müde.

Fabienne küsste ihren Vater auf die Stirn und steckte dann die gelbe Rose, die sie für ihn mitgebracht hatte, in eine Vase auf dem Fensterbrett.

Jeden einzelnen der nächsten Tage trafen Aden und Fabienne ihre Mutter am Krankenbett ihres Vaters an. Und es war ihm deutlich anzusehen, wie sehr sich Loki an der Anwesenheit seiner Frau erfreute.

Er genoss jede Minute, die Bella an seinem Bett saß, seine Hand streichelte und mit ihm redete. Und selbst wenn Schweigen herrschte, kostete er jeden Augenblick mit ihr voll aus. Für ihn wurde sie von Tag zu Tag schöner und fast wehmütig erinnerte er sich an die ersten Treffen mit ihr und ihre gemeinsame Ehezeit.

Damals war er in einer Beziehung gewesen mit Katie. Doch als er Bella das erste Mal in der Feuerwache sah, war es um ihn geschehen.

Er war ganz neu bei der Feuerwehr und saß etwas abseits. Bella trat damals auf ihn zu und sprach ihn an. Sie kamen wie von selbst ins Gespräch, sprachen über dies und jenes. Wie selbstverständlich tauschten sie ihre Handynummern aus. Eines Freitags, während eines üblichen Kameradschaftsabends auf der Feuerwache, schrieben sie sich SMS, obwohl sie direkt nebeneinander saßen. Irgendwann schrieb Bella: *„Ich weiß ja, wer mich heute ins Bett bringt.* ☺" Dieser SMS folgte, als alle Kameraden gegangen waren, eine wilde Knutscherei in der Feuerwache und später hatten sie sich in der alten Scheune eines Kumpels geliebt.

Bei dem Gedanken an Bella, wie sie mit rot erhitzten Wangen im Stroh lag und versuchte, ihr zerzaustes Haar vom Heu zu befreien, musste Loki lächeln.

Am nächsten Tag hatten sie sich wieder SMS geschrieben und ein paar Mal heimlich telefoniert.

Der darauf folgende Tag war mit einer der schrecklichsten Tage in Lokis Leben. Sie waren zu einem Einsatz gerufen worden. Alle hatten ihr Möglichstes getan und doch starb bei diesem Autounfall ein Säugling. Die Bilder des Geschehens brannten sich tief in Lokis Gedächtnis ein und nur der Gedanke an Bella ließ ihn das alles durchstehen. Als Loki an diesem Abend in der Feuerwache ankam, wusste er, dass er mit Bella reden musste. Er hatte sie zur Seite gezogen, als ihm der Moment günstig schien, und ihr gesagt, dass es jetzt genau zwei Möglichkeiten gab: Entweder machten sie Nägel mit Köpfen oder es war eine einmalige Sache.

Ab dem Tag waren Bella und Loki ein Paar.

Loki zog noch am selben Tag bei Katie aus. Und er und Bella wohnten übergangsweise in dem Haus eines Freundes, das gerade wegen Renovierungsarbeiten leer stand.

Was für eine stressige Zeit. Und doch die glücklichste in Lokis Leben.

Jede freie Minute verbrachten sie zusammen. Mit Bella war alles so unkompliziert, was vor allem an ihrer Natürlichkeit lag.

Ihre erste Wohnung, die Bella und Loki bezogen, hatte nur ein Zimmer und eine kleine Küche. Um aufs Klo zu kommen, mussten sie erst über den Flur und dann eine halbe Etage höher gehen. Zwei Duschen befanden sich in einem schmutzigen Schuppen im Hof. Kein Paradies und doch: Es war ihr erstes gemeinsames Zuhause und Bella schaffte es, mit ihrer Liebe zum Detail, ein schönes Kuschelnest für sich und ihren Liebsten zu zaubern.

Knapp ein Jahr später erfuhr Bella, dass sie schwanger war. Aufgeregt saß Bella in der Feuerwache und schrieb

Loki eine SMS, obwohl dieser direkt neben ihr saß: *„Ich weiß ja, wer bald zu dritt ist.* ☺"

Loki las die SMS und blickte Bella an. Diese lächelte verlegen. Augenblicklich sprang Loki von seinem Stuhl auf, schob diesen zur Seite und kniete sich vor Bella. Er nahm ihre Hand. „Willst du meine Frau werden?"

Bellas „Ja" ging im lauten Jubelgeschrei der Kameraden unter.

Loki und Bella hatten sich für eine kleine Hochzeit entschieden. Nur Conny und Roland waren als Trauzeugen auf dem Standesamt mit dabei. Noch am selben Tag fuhr das frischvermählte Paar in die Flitterwochen. Ihre Hochzeitsreise war gleichzeitig ihr erster gemeinsamer Urlaub.

Als sie wieder kamen, wurden sie mit einem Nach-Hochzeitsfest auf der Feuerwache überrascht.

Zwei Monate später wurde Aden geboren. Er war so ein perfektes kleines Baby! Loki konnte ab dem Tag seiner Geburt es kaum erwarten, mit seinem Sohn Fußball zu spielen oder ihm Fahrradfahren beizubringen.

Als Aden gerade ein Jahr alt wurde, erfuhr Bella, dass sie wieder schwanger war. Auch dieses Mal schrieb sie während eines Kameradschaftsabends auf der Feuerwache eine SMS an ihren Mann, obwohl dieser direkt neben ihr saß. *„Ich weiß ja, wer bald zu viert ist.* ☺"

Auf diese SMS antwortete Loki diesmal auch mit einer SMS. *„Und ich weiß, wo wir hinziehen werden.* ☺"

Loki zeigte voller Stolz seiner Frau die Immobilie, die er für seine Familie ausgesucht hatte. Bella traute ihren Augen kaum, als sie das Haus erblickte. Und nachdem sie eingetreten waren, wusste auch sie, dass das ihr neues Zuhause sein würde. Er sah ihr an, dass sie sich schon bildlich vorstellte, wie später einmal die Möbel stehen sollten.

Und so zogen sie in ihr neues Zuhause und bald darauf erblickte Fabienne das Licht der Welt.

Ja, das war seine Familie und diese, seine heile Welt wollte Loki wieder haben. Müde lächelte er Bella an. Er würde ihr Herz wieder erobern, so viel stand fest, er würde nichts unversucht lassen.

12.

*N*ach einem Besuch bei ihrem Vater verließ Fabienne das Krankenhaus. Sie fühlte sich matt. Die letzten Wochen waren eine regelrechte Achterbahnfahrt der Gefühle gewesen. Den Tränen nahe lief Fabienne die Straße entlang. Neben ihr stoppte ein Wagen.

Fabienne zuckte zusammen.

„Mama! Erschreck mich doch nicht so!"

„Entschuldige, Schatz. Das wollte ich nicht. Hast du etwas Zeit? Wenn du magst, könnten wir doch zusammen was essen gehen?"

Zeit hatte Fabienne. Aber auch Lust? Eigentlich war sie ja für so was völlig falsch gekleidet. Doch auf der anderen Seite vermisste Fabienne ihre Mutter. Nach einigen Zögern nickte Fabienne, ging um den Fiat Panda ihrer Mutter herum und stieg ein.

Den Abend verbrachten die zwei Frauen in einem netten indischen Restaurant. Man kam sich hier vor wie in einer anderen Welt. Überall waren Kissen und Stoffe, wie im Orient. Die Wände wurden geziert von Bildern, auf denen indische Götterfiguren und Elefanten zu sehen waren. Es roch nach Gewürzen und feine Musikklänge durchfluteten den Raum. Die Kellnerinnen trugen wunderschöne Saris und hatten alle den typisch indischen Punkt auf der Stirn.

Es war ein wunderschöner Abend. Ausgelassen und fröhlich. Sie lachten beide viel und jede genoss die Anwesenheit der anderen.

Als Fabienne ihre Mutter zum Abschied umarmte, bemerkte sie eine Veränderung.

„Mama, was ist los? Du bist ganz blass. Stimmt etwas nicht?"

„Nein, nein, es ist alles in Ordnung."

Bella versuchte zu lächeln.

„Sorge dich nicht."

Mit diesen Worten verabschiedete sich Bella und Fabienne stand allein vor ihrer Haustür und blickte dem Auto ihrer Mutter hinterher.

Loki war gerade dabei, endlich Schlaf zu finden, als das Telefon auf seinem Nachttisch klingelte. Erst wollte er das Läuten ignorieren, entschied sich aber dagegen.

„Kaprys. Wer stört noch so spät?"

„Hi! Ich bin´s, Bella."

Schon als Loki die Stimme seiner Frau vernahm, wusste er, dass etwas nicht stimmte.

„Ich… ähm, ich wollt einfach nochmal mit jemanden reden."

„Bist du allein?"

„Ja, er ist… ähm, er ist nicht da."

Genervt stöhnte Loki.

„Bella, was soll das? Wenn der andere keine Zeit hat, bin ich also gut genug? Was willst du?"

Am anderen Ende der Leitung hörte Loki, wie Bella leise zu weinen begann. Augenblicklich bereute er seinen scharfen Ton ihr gegenüber.

„Pst, bitte weine nicht. Es ist doch alles gut."

Es dauerte einen Augenblick, bis Bella ihre Stimme wieder fand.

„Weißt du, du warst der erste, der mir in den Sinn kam, dessen Stimme ich jetzt hören wollte und wie von selbst hab ich deine Nummer gewählt. Es war ein Fehler. Bitte verzeih."

„Bella nein, leg jetzt nicht auf. Komm schon! Sag mir, was dich bedrückt!"

„Ich weiß auch nicht. Ich war mit Fabienne essen und plötzlich ging´s mir nicht so gut. Und…"

„Bist du schwanger?"

Mit dieser direkten Frage unterbrach Loki seine Frau.

„Ich weiß nicht, eigentlich nicht. Aber ich habe so ein Ziehen im Unterleib."

„Bella, du musst unbedingt zum Arzt!"

Loki war nun hell wach, sein Puls raste und sein Herz klopfte ihm bis zum Hals.

„Ja, mach ich ja, nur…"

„Gleich morgen früh! Bella, versprich es mir!", unterbrach Loki seine Frau.

„Ja, okay, ich verspreche es dir und danach komm ich dich gleich besuchen und berichte."

„Ich werde für dich da sein. Egal, was kommt. Hörst du?"

Noch eine Weile telefonierten Bella und Loki miteinander, dann legten sie auf.

Etwas entspannter lehnte sich Loki in seine Kissen zurück. Kurz bevor sie sich verabschiedet hatten, hatte Bella ihm nochmal versprechen müssen zum Arzt zu gehen. Das hatte ihn beruhigt.

Als Bella am nächsten Morgen im Krankenhaus ankam, wartete Loki schon in einem Rollstuhl gekauert auf sie. Er hatte die ganze Nacht, aus Sorge um Bella, keinen Schlaf gefunden. Er saß da, wie ein Häufchen Elend und allein bei seinem Anblick wurde es Bella ganz warm ums Herz.

Loki begleitete Bella zu ihrer Untersuchung und hielt die ganze Zeit über ihre Hand. Während der Nacht waren ihre Schmerzen immer schlimmer geworden.

Dreißig Minuten später wurde Bella in den OP geschoben.

Fabienne und Aden trafen ihren Vater vor dem Operationssaal an.

„Wie geht es ihr?"

„Keine Ahnung. Bisher kam noch niemand mit Informationen zu mir."

„Aber sie müssen doch gesagt haben, wieso sie operiert werden muss!"

„Eure Mutter hat eine Bauchhöhlenschwangerschaft. Aber sie schafft es, das weiß ich."

Als Fabienne das hörte, brach sie in Tränen aus.

„Ich hätte es wissen müssen."

Sie schluchzte und krümmte sich vor Kummer.

„Ihr ging es gestern schon nicht gut und ich hab ihr „Es ist alles okay." einfach so akzeptiert. Ich hätte nachfragen müssen. Es ist alles meine Schuld!"

Mit diesen Worten rannte Fabienne den Flur hinunter.

„Bitte, Aden! Lauf ihr nach. Deine Schwester hat keine Schuld. Bitte tröste sie. Ich bleibe hier, bei eurer Mutter."

Blitzschnell drehte sich Aden um und rannte seiner Schwester hinterher.

Er fand sie kurze Zeit später auf einer Holzbank mit angezogenen Knien sitzen. Sie weinte. Aden setzte sich neben Fabienne und legte ihr fürsorglich den Arm um die Schulter.

„Hey, niemand hat Schuld. Und du schon gar nicht. So was darfst du dir nicht einreden! Hörst du?"

Aden zwang seine Schwester, ihn anzusehen. Fabienne nickte matt.

Als die Geschwister das Krankenhaus wieder betraten, saß ihr Vater bereits am Krankenbett ihrer Mutter. Ein seltsamer Anblick, wenn man bedachte, dass noch am Vortag Bella an Lokis Bett gesessen und seine Hand gehalten hatte.

Bella hatte die Operation gut überstanden. Jeden Tag pendelte Loki zwischen seinem und Bellas Krankenzimmer, denn immer wenn es ihm möglich war, wollte er seine Zeit an ihrem Bett verbringen, obwohl er sich manchmal vor Schmerz kaum aufrecht halten konnte. Er hatte ihr versprochen, für sie da zu sein, doch es war mehr als nur sein Pflichtgefühl, das ihn zu ihr brachte, vielmehr war es seine unendliche Liebe. Sie war und blieb die Liebe seines Lebens, das wurde ihm schmerzlich bewusst. Er konnte und wollte sich ein Leben ohne seine Bella gar nicht mehr vorstellen. Umso größer wurde seine Angst, was wohl kommen würde, wenn Bella aus dem Krankenhaus entlassen würde.

Eine Woche nach der überstandenen Operation besuchte Fabienne ihre Mutter.

„Hast du sie mitgebracht?"

„Ja!"

Fabienne strahlte.

„Mensch, Mama, ich bin so glücklich! Leider muss ich jetzt auch wieder los. Kira, Raik, Aden und ich wollen ins Kino. Viel Glück!"

Sie hauchte ihrer Mutter noch einen Kuss auf die Stirn und zog dann die Zimmertür hinter sich zu.

Bella atmete hörbar aus. Sie hatte in den letzten Tagen sehr viel Zeit zum Nachdenken gehabt. Vergangene Nacht hatte sie dann eine Entscheidung getroffen, nur wusste sie nicht, wie sie es ihm sagen sollte.

Loki hievte sich gerade aus seinem Bett in den Rollstuhl, als eine Krankenschwester eintrat.

„Ach, Herr Kaprys! Wollen Sie schon wieder zu Ihrer Frau? Sie sollen sich doch schonen."

„Das tu ich doch! Ich sitze doch einfach nur rum."

Er lachte heiser.

„Ich weiß, dass ich Sie nicht aufhalten kann. Wenn ich mal einen Mann habe, hoffe ich, dass er mich genauso liebt, wie Sie Ihre Frau lieben."

Diese Worte ließen Lokis Herz ganz schwer werden. Aber er ließ sich nichts anmerken. Er zwinkerte der Schwester zu.

„Na, na, na, stecken Sie Ihre Ansprüche nicht zu hoch."

Diesmal verschluckte er sich an seinem Lachen und musste husten.

„Wär ich gemein, würde ich jetzt sagen: Das geschieht Ihnen Recht! Aber ich bin natürlich nicht gemein und hol Ihnen stattdessen ein Glas Wasser."

Als sie zurückkam, reichte sie Loki das Wasserglas und eilte dann zu ihrem nächsten Patienten.

Wieder allein wollte Loki gerade den Rollstuhl aus seinem Zimmer bugsieren, als sein Handy auf dem Nachttisch piepste. Er unterdrückte ein Fluchen, fuhr ums Bett und schaute aufs Display. Eine Nachricht von Fabienne. Sie hatte ihm ein Bild von sich und Aden geschickt, mit dem Text: *„Kannst du das Bild bitte Mama zeigen? Das wird sie sicher freuen. DANKE! Hab dich lieb – Kuss Fabi"*

Er steckte das Handy in seine Bademanteltasche und machte sich dann auf den Weg zum Zimmer seiner Frau.

Vor ihrer Tür stoppte er. Seine größte Angst war immer, wenn er her kam, *ihn* hier anzutreffen. Er klopfte zaghaft und öffnete dann die Tür. Zu seiner Erleichterung war Bella allein im Zimmer.

„Geht es dir gut?", fragte er noch beim Reinfahren.

Bella nickte.

Loki hielt mit seinem Rollstuhl neben ihrem Bett. Er betrachtete seine Frau und stellte wieder einmal fest, wie schön sie war. Er wollte es ihr so gerne sagen, doch er hatte nicht den Mut dazu.

Es war das erste Mal, seit Loki und Bella im Krankenhaus waren, dass ein erdrückendes Schweigen über ihnen lag. Loki überlegte krampfhaft, was er sagen könnte, als das Piepsen seines Handys ihn aus seinen Gedanken holte.

„Ähm, entschuldige, ich habe es nur mit, weil ich dir etwas von Fabienne zeigen soll."

„Willst du nicht schauen, wer dir schreibt?"

„Was? Ach, nein, das hat Zeit."

„Und wenn es etwas Wichtiges ist?", beharrte Bella.

Achselzuckend zog Loki das Handy aus seiner Bademanteltasche und drückte auf "lesen". *Ich weiß ja, wer dich liebt und nie wieder ohne dich sein will.* ☺"

Ungläubig blickte Loki von seinem Handy auf Bella. Diese lächelte schüchtern und hielt ihm ihre geschlossene Hand hin. Er ergriff sie und als sie ihre Faust öffnete, blitzten ihre Eheringe auf.

Tränen stiegen in Lokis Augen. Er fühlte das Glück und die Wärme.

Er hatte endlich seine Bella wieder.

13.

„Meinst du wirklich, Kira, ich soll nochmal versuchen Raik anzugraben? Was, wenn er einfach nur keinen Bock auf mich hat?"

„Fabi, ich weiß aus sicherer Quelle, dass Raik auch was von dir will."

„Und wieso hat er nichts unternommen? Hä?"

„Was weiß denn ich. Vielleicht war der Zeitpunkt nicht günstig oder weil du andere Sachen im Kopf hattest. Was ja auch verständlich ist, wenn beide Eltern im Krankenhaus liegen. Aber nun sind sie wieder zu Hause und sogar wieder zusammen. Der ganze Stress ist weg. Du wirst sehen, heut Abend auf der Party wird das was mit euch beiden. Da bin ich mir sicher oder ich fresse diesen Hut."

Kira hielt lachend einen Strohhut nach oben, den sie gerade im Kleiderschrank ihrer Mutter gefunden hatte. Auch Fabienne musste lachen, aber im Magen hatte sie ein ganz seltsames Gefühl.

„Die hier sind perfekt! Ich sagte doch, im Kleiderschrank meiner Mum werden wir fündig."

Kira drehte sich zu Fabienne und hielt ihr zwei Kleider entgegen.

„Du darfst sogar wählen, welches du tragen möchtest."

„Oh nein, wie freundlich."

Fabienne ging auf Kira zu und betrachtete die Kleider. Das lilafarbene Cocktailkleid gefiel ihr besonders gut.

„Eine gute Wahl. Und dazu diese Ohrringe und eine Hochsteckfrisur."

Kira hielt Fabienne glitzernde Silberohrringe hin, die aussahen wie zwei ineinander verschmolzene Herzen.

„Oh, sind die schön! Und deine Mutter hat echt nichts dagegen, wenn wir ihre Sachen nehmen?"

„Nee, das ist schon okay. Sie bekommt ja auch alles zurück. Nein, wie geil ist das denn? Schau mal! Lila Pumps. Genau passend zum Kleid. Naja wirklich wundern tut mich das jetzt nicht. Komm mit ins Bad."

Auf dem Weg zur Party von Danielo war Fabienne ganz ruhig. Jedenfalls äußerlich. Aber innerlich tobte ein Sturm durch ihre Gefühlswelt. Sie hatte Angst davor, Raik zu sehen, und noch viel mehr Angst hatte sie, erneut zurückgewiesen zu werden. Ihr Herz leckte jetzt noch an den Wunden von seiner letzten Zurückweisung.

War das Ganze wirklich schon ein Jahr her?

Die Musik drang vom Haus in den Garten. Fabiennes Beine wurden weich wie Pudding.

„Ich glaub, ich kann das nicht!"

„Ach quatsch, du kannst! Fabienne, wovor hast du Angst? Du siehst absolut fantastisch aus. Es kann gar nichts schief gehen."

Kira hakte sich bei Fabienne unter und zog sie mit ins Haus. Drinnen war es laut und stickig. Überall, wo man hinsah, standen Menschen. Schüchtern blickte sich Fabienne um, doch sie konnte Raik nirgends entdecken.

Aden kam auf die Freundinnen zu. Er hob anerkennend die Augenbrauen, als er seine Schwester musterte, und küsste dann Kira mit einer Leidenschaft, dass dieser schwindelig wurde.

„Wo ist Raik?"

„Sorry, keine Ahnung. Hab ihn heut noch gar nicht gesehen. Sag mal, Fabi, können wir dich allein lassen? Ich würd gern Kira was zeigen, immerhin haben wir ja heut Jahrestag."

Das auch noch. Aber Fabienne ließ sich ihre Enttäuschung nicht ansehen.

„Klar, kein Problem. Ich schau mich mal ein wenig um, ob ich ihn sehe. Geht ruhig."

Nachdem Kira und Aden verschwunden waren, bahnte sich Fabienne einen Weg zur Bar und holte sich eine Limo. Als sie sich umdrehte, sah sie Raik. Er stand in der Ecke des Raums und unterhielt sich mit einer hübschen Blondine. Die beiden lachten und… Fabienne traute ihren Augen kaum. Knabberte dieses Mädchen da gerade an Raiks Ohrläppchen?

Tränen brannten in Fabiennes Augen. Sie ging zur Bar zurück, stellte ihre Limo ab und nahm sich stattdessen eine Flasche Sekt aus dem Kühler. Mit dieser Flasche ging Fabienne in den Garten und setzte sich unter einen Baum. Das ganze Leben kam ihr furchtbar ungerecht vor. Das war doch alles nicht fair.

Später am Abend entdeckte Aden seine Schwester, wie sie immer noch unter dem Baum im Garten saß. Die leere Sektflasche lag achtlos neben ihr. Schon auf dem ersten Blick erkannte Aden, dass Fabienne betrunken war. Er kniete sich neben seine Schwester und strich ihr behutsam übers Haar.

Fabienne blickte ihren Bruder mit glasigen Augen an.

„Ach, Fabi, was machst du nur? Warte hier, ich bin gleich wieder bei dir."

Aden eilte ins Haus zurück und suchte nach Raik. Dieser stand noch immer mit der Blondine in der Küche und unterhielt sich.

„Raik? Hi Kirsten, schön dich zu sehen. Leider muss ich dir Raik jetzt entführen. Mach`s gut."

Mit diesen Worten zog er seinen besten Freund mit sich und sie ließen das verdutzte Mädchen zurück.

„Du musst mir unbedingt einen Gefallen tun! Es geht um Fabienne. Sie sitzt da hinten im Garten und ist völlig betrunken."

„Was? Wieso das? Was ist passiert?"

„Keine Ahnung. Kira und ich sind vorhin los und als ich wieder kam, finde ich sie da."

Aden zeigte auf den Baum im Garten, unter dem Fabienne scheinbar eingeschlafen war.

„Tu mir den Gefallen und bring sie nach Hause. Ich würde es ja machen, aber ich hab schon was getrunken und nachher will ich mit zu Kira. Ihre Mutter ist nicht zu Hause. Ich wüsste sonst niemanden, dem ich sie anvertrauen würde. Bitte!"

Raik überlegte kurz und willigte dann ein.

„Danke, Mann! Du hast was gut bei mir."

Und schon war Aden verschwunden. Raik straffte seine Schultern und ging dann zu Fabienne in den Garten.

„Hey, Kleines! Aufwachen! Komm, ich bring dich nach Hause."

Fabienne sagte kein Wort. Ihr war übel und schwindelig. Ohne Gegenwehr ließ sie sich von Raik auf die Beine helfen und zum Auto führen. Während der gesamten Autofahrt schloss Fabienne ihre Augen. Sie kam sich vor wie in einem riesigen Karussell. Alles um sie herum drehte sich.

Vor ihrem Haus angekommen, sprang Fabienne aus dem Wagen und übergab sich im Blumenbeet. Es war ihr peinlich, dass Raik alles gesehen hatte. Er reichte ihr ein Taschentuch und Fabienne wäre am liebsten im Erdboden versunken.

Mit gesenkten Kopf zeigte sie Raik, wo der Haustürschlüssel versteckt lag, und ließ sich von ihm ins Haus bringen.

Als Erstes ging Fabienne ins Badezimmer. Ihr Anblick im Spiegel erschreckte sie sehr. Nie wieder wollte sie je wieder auch nur einen Tropfen Alkohol anrühren. Sie putzte ihre Zähne, entfernte so gut es ging ihr verschmiertes Make-up und bürstete dann ihr Haar. Das Duschen würde sie auf morgen verschieben müssen, denn sie konnte sich kaum auf den Beinen halten. Als sie wieder aus dem Bad kam, wartete Raik auf sie in der Küche. Ohne ein Wort zu sagen half er ihr die Treppe hinauf in ihr Zimmer.

Während sich Fabienne auszog, schaute Raik aus dem Fenster in die schwarze, sternenlose Nacht hinaus. Als er sich wieder zu ihr drehte, stand sie in einem knielangen T-Shirt vor ihm.

„Leg dich hin und schlaf jetzt. Morgen wird es dir besser gehen. Ich geh dann mal."

Er beugte sich über Fabienne und hauchte ihr einen Kuss auf die Stirn.

„Raik? Bitte geh nicht! Lass mich nicht allein."

Fabienne sah Raik deutlich an, wie er überlegte, was er tun sollte und für einen Moment befürchtete sie, er würde gehen. Erleichtert und glücklich stellte Fabienne fest, dass Raik sich zum Bleiben entschloss. Er zog seine Schuhe, Socken und Hose aus. Dann kletterte er ins Bett und legte sich hinter Fabienne.

Sie spürte seine Nähe und drehte sich zu ihm. Vorsichtig streichelte sie mit ihren Fingern über sein Shirt. Raik lächelte und nahm Fabienne in den Arm. Sie legte ihren Kopf auf seine Brust. Wie gut er roch.

Dann hob sie den Kopf und küsste ihn. Raik erwiderte ihren Kuss. Doch als Fabienne ihre Finger in seine Unterhose gleiten lassen wollte, löste er sich von ihr.

„Lass uns jetzt schlafen."

Fabienne war den Tränen nahe.

„Du willst mich einfach nicht. Nur wieso? Gefall ich dir nicht? Warum liebst du mich nicht?"

Fabienne lallte die Worte kaum verständlich und drehte sich erschöpft um. Nach einiger Zeit atmete sie ganz gleichmäßig. Raik vermutete, dass Fabienne eingeschlafen war.

Vorsichtig strich er über ihr Haar und flüsterte: „Doch, mehr als mir lieb ist."

14.

Als Fabienne am nächsten Morgen erwachte, lag Raik nicht mehr neben ihr. Sie streckte alle viere von sich und spürte die warmen Sonnenstrahlen auf ihrem Gesicht, die durch die Fensterscheibe drangen. Ein herrlicher Morgen, wenn ihr Kopf nicht so brummen würde. Nie wieder Sekt, so viel war für Fabienne sicher. Mühsam drehte sich Fabienne auf den Bauch und spürte, wie eine leichte Übelkeit in ihr aufkam. Behutsam legte sie ihren Kopf aufs Kissen und wartete, bis diese wieder verging.

Es klopfte leise an die Tür.

Da Fabienne nicht die geringste Lust verspürte zu antworten, beschloss sie, sich schlafend zu stellen.

Nach erneutem Klopfen betrat Raik das Zimmer. Er blieb in der Tür stehen und betrachtete Fabienne. Ein Lächeln huschte über sein Gesicht, als er sie blinzeln sah.

„Guten Morgen! Gut geschlafen? Magst du was frühstücken?"

Allein bei dem Gedanken an Essen wurde Fabienne wieder übel. Sie schüttelte heftig den Kopf und bereute dies sogleich, als ein dröhnender Kopfschmerz sie durchfuhr.

Raik erkannte sofort, dass es Fabienne nicht gut ging. Nur was konnte er schon für sie tun?

„Soll ich gehen?"

Fabienne richtete sich auf.

„Nein, bitte nicht! Ich geh schnell duschen, und dann geht es mir sicher besser. Bitte bleib!"

Ihre Stimme klang rau.

Raik nickte und schaute Fabienne hinterher, wie sie versuchte, erhobenen Hauptes ins Badezimmer zu gehen.

Das warme Wasser fühlte sich so gut auf ihrer Haut an. Minutenlang stand Fabienne einfach nur da und ließ sich das Wasser auf den Kopf plätschern.

Als Fabienne später aus der Dusche stieg, war das ganze Badezimmer in Wasserdampf gehüllt. Sie band sich ein Badetuch um, wickelte ein Handtuch um ihr nasses Haar und putzte sich die Zähne. Dann betrat sie wieder ihr Zimmer und ging auf Raik zu, der auf dem Bettrand saß.

Zärtlich lächelte sie ihn an.

Raiks Herzschlag wurde schneller, als er Fabienne betrachtete, wie sie nur mit einem Badetuch bekleidet, auf ihn zukam.

„Besser?", fragte er heiser.

Fabienne nickte. Dann setzte sie sich neben Raik aufs Bett und wusste nicht so recht, was sie tun oder sagen sollte.

„Ähm, wegen gestern. War irgendwas, was mir peinlich sein müsste? Ich meine, habe ich mich irgendwie blöd benommen oder habe ich irgendetwas getan oder gesagt, was mir nun leidtun sollte?"

Sichtlich nervös zog sie den Saum ihres Handtuchs glatt und schaute verlegen zu Raik.

„Nein, nein, kein Grund zur Sorge. War alles ganz harmlos. Und falls es dich beruhigt, ich war auch ganz Gentleman."

„Daran habe ich nicht einen Moment gezweifelt."

Fabienne lächelte Raik an. Dabei leuchteten ihre Augen so sehr, dass sich Raik fast in ihnen spiegeln konnte. Wie gern hätte er sie jetzt geküsst.

Doch was hielt ihn eigentlich auf? Er hatte den Segen von Aden, Fabienne war nicht mehr betrunken und er meinte sogar in ihren Augen zu erkennen, dass auch sie ihn wollte. Was war also der Grund? Was brauchte er denn noch?

Noch während er sich darüber Gedanken machte, beugte sich Fabienne zu ihm, nahm sein Gesicht zwischen ihre Hände und küsste ihn zaghaft. Als sich ihre Lippen trennten, lächelte sie ihn erneut an.

Jetzt konnte und wollte er sich nicht mehr beherrschen. Raik zog Fabienne an sich, küsste sie leidenschaftlich und ließ sie dabei aufs Bett gleiten. Er beugte sich über sie, keuchend vor Lust und Verlangen.

Raik zwang sich, sein Tempo zu drosseln. Ja, er wollte sie, aber er würde sich Zeit lassen.

Vorsichtig rollte er sich ein Stück zur Seite, damit er Fabiennes Badetuch öffnen konnte. Ein leichtes Zittern überkam sie, als er ihre nackte Brust berührte.

Raik richtete sich auf, und angelte nach seiner Jeans, die auf dem Boden lag. Irritiert blickte Fabienne Raik an. Dieser lächelte sie an und hielt dann ein Päckchen Kondome in die Luft.

„Man weiß ja nie", sagte Raik zwinkernd.

Fabienne berührte mit ihren Fingerspitzen die Packung und nickte lächelnd.

Entspannt legte sich Fabienne zurück und genoss jede einzelne seiner Berührungen. Dabei überließ sie Raik die Führung, in dem sie sich ihm voll und ganz hingab.

Später kuschelte sich Fabienne glücklich in Raiks Arme und malte mit ihren Fingerspitzen kleine Herzchen auf seine Brust. Ihre Wangen glühten immer noch leicht. Schöner hätte ihr erstes Mal wirklich nicht sein können.

Fabienne lächelte bei der Erinnerung an die letzten Stunden.

Raik streichelte Fabienne über den Oberarm. So rundum zufrieden hatte er sich noch nie gefühlt. Noch immer war er wie im Rausch. Zärtlich küsste er ihre Stirn.

„Alles okay?"

Fabienne nickte.

„Das ist gut."

Raik schaute an die Zimmerdecke. Was sollte er nun sagen? Er empfand das Schweigen zwischen ihnen als unangenehm und er fragte sich, was Fabienne gerade dachte.

Fabienne hingegen genoss das Zusammensein mit ihrem Liebsten. Sie wollte diesen Moment für immer in sich behalten. Jede kleine Einzelheit.

Mit der Zeit wurde Fabiennes Atmung gleichmäßiger und sie hatte aufgehört, mit ihren Fingerspitzen Herzchen auf Raiks Brust zu malen. Raik vermutete, dass sie eingeschlafen war. Zärtlich küsste er ihre Stirn.

„Ich liebe dich! Mehr als mir lieb ist", flüsterte er leise.

15.

Mit dem letzten Klang des Klingelns der Schulglocke betrat Fabienne den Kunstraum ihrer Schule und ließ sich auf den freien Platz neben Kira gleiten. Hörbar atmete Fabienne aus. Kira kicherte leise.

„Lange Nacht gehabt?"

„Ja, aber es ist nicht so, wie du grad denkst!"

Fabienne musterte kritisch ihre Freundin, bevor sie weiter flüsterte.

„Wir waren oben auf der Aussichtsplattform und hatten total die Zeit vergessen. Raik hat versucht, mir die einzelnen Sternbilder am Nachthimmel zu zeigen. Doch irgendwie war ich zu blöd, das zu sehen, was er sieht. Aber seiner Stimme zu lauschen, das war echt das Größte überhaupt."

Kira nickte wohlwissend.

In der Pause liefen Kira und Fabienne schweigend über das Schulgelände. Um sie herum zwitscherten munter die verschiedensten Vögel und man konnte leise das Rauschen des naheliegenden Flusses vernehmen.

„Noch zwei Wochen, dann sind endlich Ferien", unterbrach Kira ihr Schweigen. „Ich glaube, ich habe mich noch nie so sehr nach ihnen gesehnt."

„Ich auch nicht, aber diese werden echt toll. Jeden Tag mit Raik verbringen."

„Raik, jedes Wort ist Raik."

Kira tat genervt, doch ihr Lächeln verriet, dass sie es keineswegs war.

„Weißt du, worauf ich echt mal wieder Lust hätte? Shoppen! Nur wir beide. Das wär doch echt toll."

Am Nachmittag schlenderten Fabienne und Kira durch die Fußgängerzone der Innenstadt und betrachteten die farbenfrohen Schaufenster.

„Oh, schau mal! Dieses lila Top ist ja wohl der absolute Hammer."

Kira zerrte Fabienne am Ellenbogen ins Geschäft und steuerte zielsicher auf das Regal an der Wand zu.

„Irgendwo müssen die doch sein!"

Hilfesuchend blickte sich Kira um und wie auf Kommando kam auch schon eine zierliche Verkäuferin auf sie zu geeilt. Fabienne nutzte die Zeit und schaute sich in der Boutique um. Rechts neben den Umkleidekabinen entdeckte sie einen Karton mit einem roten *Sale*-Schild.

Mehr aus Langeweile als aus Neugierde lugte Fabienne in den Kasten und traute ihren Augen kaum. Inmitten von vielen blauen, gelben und roten Bikinis ragte ein winziges Stück grün glänzender Stoff heraus. Fabienne zog an ihm und beförderte den schönsten Bikini hervor, den sie je gesehen hatte.

Vorsichtig wagte Fabienne einen Blick aufs Preisschild.

Zu ihrer großen Freude war er wirklich preisreduziert und hatte sogar ihre Größe.

Das war ein Zeichen - eindeutig.

Fabienne nahm den Bikini und ging in die freie Umkleidekabine.

Kritisch betrachtete sich Fabienne im Spiegel der Umkleide, während sie das Bikinioberteil in ihrem Nacken band. Kira zog den Vorhang ein Stück zur Seite und lugte herein.

„Wow, das ist ja der Hammer!"

Mit offenem Mund starrte Kira Fabienne an.

74

„Ich will auch so einen!"

„Ich glaub, das ist der letzte."

Ein zufriedenes Lächeln huschte über Fabiennes Gesicht, als sie mit der kleinen Tüte, die ihren neuen Bikini beherbergte, das Geschäft verließ.

Wenig später kauften sich die zwei Freundinnen Eis to go und setzten fröhlich ihren Weg durch die Ladenstraße fort. Sie redeten unentwegt und lachten unbeschwert.

Vor einem Juwelier blieb Kira stehen und betrachtete die ausgestellten Schmuckstücke. Gedankenverloren leckte sie an ihrem Eis und zeigte dann auf einen der Ringe.

„Weißt du, Fabienne, genau SO einen möchte ich später haben, wenn Aden und ich heiraten."

Ihre Stimme war ganz sanft geworden.

„Meinst du echt, ihr werdet mal heiraten?"

„Natürlich! Aden ist die Liebe meines Lebens. Ich werde ihn heiraten und du wirst meine erste Brautjungfer. Oder besser noch, wie wär's mit einer Doppelhochzeit? Ich und Aden und du und Raik."

„Den Gedanken finde ich gar nicht mal so übel."

Nun betrachtete auch Fabienne die Ringe im Schaufenster.

„Sag mal, hast du mal mit Raik über diese Blondine von der Party gesprochen? Ich an deiner Stelle würde ja umkommen vor Neugierde."

„Tust du das nicht jetzt schon?"

Fabienne lachte, wurde dann aber ganz ernst.

„Nein, hab ich nicht. Denn ich weiß einfach nicht wie. Ich kann doch nicht zu ihm gehen und fragen: *Ach übrigens, wer war eigentlich diese Blondine, die da an deinem Ohr geknabbert hatte?* Das geht doch nicht!"

„Ach ja? Und wieso nicht?"

„Na, weil… na, weil das einfach so ist. Irgendwann frag ich ihn schon noch. Aber ich will auf keinen Fall als eifersüchtige Zicke dastehen. Denn das bin ich nicht!"

„Eine Zicke oder eifersüchtig?"

Diese Frage ließ Fabienne unkommentiert und streckte stattdessen ihrer Freundin die Zunge raus.

16

„Und, wie fandest du den Film, Schwesterherz?"

Aden grinste seine Schwester an, denn er wusste genau, dass Fabienne und Raik nicht viel vom Film mitbekommen hatten.

„Ja, der war echt toll. Von mir aus können wir gleich nochmal reingehen."

Verschwörerisch zwinkerte Fabienne Raik zu. Dieser lächelte verschmitzt und nickte zustimmend.

„Hach ja, immer diese Frischverliebten."

Kira tat betont theatralisch.

„Was soll das denn heißen? Wir sind doch auch frisch verliebt."

Aden piekste seiner Freundin in die Rippen, die sogleich anfing zu lachen.

„Lass das! Ich bin kitzlig. Aden, ich meine das ernst!"

Kira versuchte sich von Aden wegzuwenden.

„Okay, okay. Ich ergebe mich. Natürlich sind wir auch frisch verliebt."

Lachend schwang Kira die Arme um Adens Hals und sie küssten sich leidenschaftlich.

„Was haltet ihr davon, wenn wir unsere Schwimmsachen holen und dann zum Strand fahren?"

Aden löste sich sanft von Kira und schaute Raik an, der an das Auto seiner Mutter gelehnt dastand.

„Keine schlechte Idee. Aber wieso brauchen wir Schwimmsachen? Es wird doch schon schummrig."

„Na, weil wir beide es keine Minute aushalten würden, die Finger von unseren nackten Frauen zu lassen."

Kopfnickend stimmte Aden Raik zu und die beiden Freunde gaben sich in der Luft einen Handschlag. Dann stiegen die vier ins Auto und fuhren los.

Eine Stunde später rannten Aden und Raik jubelnd ins Wasser.

„Schau dir mal unsere kleinen Spielekinder an. Als wären sie noch nie im Meer gewesen."

Kira lachte und setzte sich neben Fabienne in den Sand.

„Also, ich geh da auf gar keinen Fall rein. Das ist mir viel zu kalt."

Fabienne zog das Handtuch enger um ihre Schultern.

„Kommt ihr? Das Wasser ist echt herrlich."

Die Rufe der jungen Männer kamen nur als Rauschen am Strand an.

„Wenn du willst Kira, geh ruhig. Ich warte hier auf euch."
„Meinst du wirklich?"
Fabienne nickte ihrer Freundin zu.

Kira erhob sich und ging zum Wasser. Vorsichtig tunkte sie einen Zeh ein. Das Wasser war wirklich kalt. Kurz überlegte Kira, ob sie zu Fabienne zurückkehren sollte, watete dann aber doch ganz langsam und andächtig auf die Jungs zu.

„Wo ist Fabienne?"

„Die will nicht ins Wasser. Es ist ihr zu kalt. Und ich muss ihr echt recht geben, es ist schweinekalt."

Kira schwang sich in Adens Arme, der sie sogleich küsste.

„Na macht ihr mal hier. Ich geh zu Fabienne. Vielleicht kann ich sie ja doch noch überzeugen."

Mit diesen Worten drehte sich Raik um und ging aus dem Wasser direkt auf Fabienne zu, die noch immer in ein Handtuch gekuschelt im Sand saß. Sie lächelte Raik an, als er sich neben sie setzte.

„Alles okay bei dir?"

„Klar. Es ist mir nur zu kalt. Sorry, ich will euch den Spaß nicht verderben. Geh ruhig wieder, ich warte hier."

Raik streckte seine Hand aus und berührte sanft ihre Wange. Er streichelte sie und zog dann Fabiennes Kopf zu sich, um sie küssen.

Er schmeckte salzig und seine Haut war erhitzt, obwohl sie noch feucht war. Fabienne glitt mit ihrer Hand über Raiks Bauchmuskeln und ließ sich dann in den Sand gleiten, sodass Raik über sie kommen musste, wenn er den Kuss nicht enden lassen wollte.

„Ich will dich!", flüsterte Fabienne in Raiks Ohr, nachdem sich ihre Lippen wieder getrennt hatten.

„Hier? Ich hab eine bessere Idee. Komm mit."

Raik stand auf und zog Fabienne auf die Beine. Dann nahm er ihre Hand und beide liefen zu den Dünen, wo sie sich küssend niederließen.

Und während der Mond am Sternenhimmel über ihnen glänzte, liebten sie sich im Dünengras.

17

„Ich kann es immer noch nicht glauben, dass ab morgen endlich Ferien sind. Kira, das wird der Sommer unseres Lebens. Das spüre ich."

„Fabienne Kaprys."

Fabienne unterbrach des Geflüster mit Kira, als der Tutor ihren Namen aufrief. Sie stand auf und ging zu ihm nach vorne an das Pult.

„Eine gute Leistung, Fabienne, aber in Ihnen steckt mehr. In der Oberstufe sollten Sie dann etwas konzentrierter sein."

Eilig versprach es Fabienne, nahm ihr Zeugnis entgegen und schlich leicht errötet auf ihren Platz zurück.

„Warum wirst du so rot?"

Kira kicherte.

„Na, wart nur ab, bei dir wird er Ähnliches sagen."

„Das hat er gesagt?"

Raik lachte.

„Lach du ruhig. Ich fand das gar nicht komisch. Kira hat auch gelacht."

Fabienne machte ein trotziges Gesicht, begann dann aber auch zu lachen.

„Was ist so lustig?

Aden und Kira betraten die Küche mit Pizza und Cola.

„Habt ihr den Film besorgt?"

„Oh Mann, hör bloß auf. Was für ein Akt. Nie wieder sag ich dir. Bis Kira und ich uns auf einen Film einigen konnten. Nee, definitiv nie wieder."

„Das hab ich auch gesagt. Nächstes Mal besorgen Fabienne und ich den Film."

Kira hakte sich verschwörerisch bei Fabienne unter.

„Damit wir ne Liebesschnulze schauen? NIEMALS."

Aden knurrte, was Kira zum Lachen brachte.

„Na ne Liebesschnulze ist alle Male besser, als so Horrorzeugs."

„Und wofür habt ihr euch jetzt entschieden?"

„Komödie", antworteten Kira und Aden wie abgesprochen zur selben Zeit und mussten lachen.

Während des gesamten Abends durchflutete fröhliches, unbeschwertes Lachen das Wohnzimmer der Familie Kaprys.

„Der Film war doch echt gut. Ich weiß gar nicht, was ihr wolltet. Zusammen seid ihr ein gutes Team. Natürlich sind Fabienne und ich besser, was wir euch selbstverständlich bei unserem nächsten DVD-Abend beweisen werden."

Raik zwinkerte erhaben den anderen zu und bekam als Quittung von Aden ein Kissen über den Kopf geschlagen.

„Au Mann, das war doch nur ein Witz."

„Mit manchen Dingen spaßt man einfach nicht."

Adens Knurren ging in seinem eigenen Gelächter unter.

Als Fabienne später in Raiks Armen lag, war sie ganz still.

„Was ist los?"

„Nichts."

Raik richtet sich auf und blickte Fabienne ganz tief in die Augen.

„Irgendetwas geht dir doch in deinem hübschen Köpfchen rum und bedrückt dich. Ich hoffe, du weißt, du kannst mit mir über alles reden."

Mit diesen Worten küsste Raik zärtlich Fabiennes Nasenspitze.

Fabienne seufzte. Sie wusste einfach nicht, ob es vielleicht ein Fehler sein könnte, wenn sie Raik fragen würde. Auf der anderen Seite wollte sie so gern, dass nichts und niemand zwischen ihnen stand.

„Ich weiß."

„Aber?"

Raik schaute sie an und lächelte ihr aufmunternd zu. Noch einmal seufzte Fabienne, schloss die Augen und fasste sich ein Herz.

„Wer war diese Blondine?"

Nun schaute Raik verdutzt.

„Welche Blondine meinst du?"

„Na, die von der Party. Die, die dir am Ohr geknabbert hatte."

Raik rollte sich zur Seite und begann herzhaft an zu lachen. Fabienne richtete sich auf.

„Was ist daran bitte schön so lustig?"

Tränen brannten in ihren Augen und Fabienne bereute es, dass sie nach dem blonden Mädchen gefragt hatte.

Auch Raik richtete sich auf und erkannte die Tränen. Er zog Fabienne in seine Arme.

„Mensch, Fabi, das beschäftigt dich echt die ganze Zeit? Das war Kirsten, meine Cousine. Ich hatte sie ewig lang nicht mehr gesehen und fand die Unterhaltung mit ihr echt schön, aber mehr doch nicht. Und sie hat auch garantiert nicht an meinem Ohr geknabbert, sondern hat vielmehr direkt in mein Ohr gesprochen, weil es so laut war und man sonst einfach nichts verstehen konnte. Du kannst Aden fragen. Er kennt sie auch. Hast du dich etwa deswegen an dem Abend betrunken?"

Fabienne kam sich mit einem Mal total blöd vor. Sie nickte und dabei liefen dicke Tränen über ihre Wange.

„Hey, nicht weinen. Ist doch alles gut. Du bist die einzige, die mich je interessiert hat und interessieren wird."

Raik nahm Fabiennes Gesicht in seine Hände und küsste erst ihre Tränen weg, bevor er leidenschaftlich ihren Mund eroberte. Dann schaute er sie an und grinste.

„Du warst eifersüchtig!"

Fabienne befreite sich aus seinen Armen.

„Nein! Das war ich nicht."

Sie senkte den Blick.

„Naja, vielleicht ein wenig."

Verlegen schaute Fabienne zu Raik. Dieser zog sie wieder in seine Arme und küsste sie.

18

„Ist nicht dein Ernst? Das war seine Cousine?"

„Wenn ich es dir doch sage. Was meinst du, wie peinlich mir die ganze Sache war! Ich versteh gar nicht, wieso ich nicht drauf gekommen bin, erst mal Aden auszuhorchen."

„Naja, ein was Gutes hat die Sache ja. Hättest du die beiden nicht gesehen, hättest du dich nicht betrunken und dann hättet ihr beide euch wahrscheinlich nie getraut, zu euren Gefühlen zu stehen. Also, das Resultat stimmt. Und nur das ist wichtig."

Fabienne drehte sich von dem Rücken auf dem Bauch und blickte nun Kira an.

„Wahrscheinlich hast du sogar Recht, aber das Ganze ohne die Alkoholerfahrung wär mir lieber gewesen. Sag mal, findest du es eigentlich auch total gemein von uns, dass wir uns hier in der Sonne aalen, während unsere Männer in der Kfz-Werkstatt schuften?"

„Gib mir mal den E 12er-Torx."

Aden reichte Raik das Werkzeug.

„Und du meinst echt, dass sich meine Schwester wegen Kirsten betrunken hatte?"

„Glaub mir, ich bin auch aus allen Wolken gefallen."

Raik hielt eine Schüssel unter das Auto und ließ das Öl ab. Dann kam er hervor und wischte seine Hände an einem alten Lappen notdürftig ab.

„Fabienne war es echt ernst. Sie hat sogar geweint."

Ein aufheulender Motor unterbrach die beiden Freunde in ihrem Gespräch.

„Männer, so muss ein Wagen klingen."

Breit grinsend stoppte Paolo den tiefer gelegten Sportwagen und quälte sich dann aus der Fahrertür.

„Diese Schalensitze sind irgendwann mein Untergang. Wie kommt ihr voran?"

„Läuft alles bestens, Chef."

„Wir kümmern uns grad um den Ölwechsel von Frau Fungo."

„Das ist gut. Ich wusste, dass ich mich auf euch verlassen kann. Wenn was ist, ich bin in meinem Büro."

Raik nahm die Ölfilterzange von der Werkbank und ging wieder unter das Auto. Mit geschickten Handgriffen wechselte er den Ölfilter und drehte die Ölablassschraube wieder mit dem Torx an.

„Willst du heute nur zusehen oder schaffst du auch was?"

„Ach, du machst das doch gut. Außerdem was soll das heißen? Ich hab schließlich schon das neue Öl aus dem Lager geholt."

Lachend ließ Raik den Van von der Hebebühne.

„Na dann großer Arbeiter, kipp mal rein."

Nachdem Aden das Öl eingefüllt hatte, startete er den Motor.

„Perfekt. Fahr ihn neben das Tor."

„Jetzt haben wir uns den Feierabend redlich verdient. Meinst du nicht auch?"

„Klar, vor allem du, Aden."

Lachend ging Raik in Richtung Büro.

„Ich sag Paolo nur schnell Bescheid."

Kurz darauf saßen die Freunde im Auto und fuhren vom Hof.

„Eins kannst du mir glauben, ich weiß ganz genau, was ich mir von meinem ersten Lohn kaufen werde. Einen eigenen

Wagen. Es nervt mich nämlich total, immer meine Mutter fragen zu müssen, ob ich mir ihren leihen kann."

„Guter Plan! Ich weiß auch schon genau, was ich kaufen werde. Einen Ring für Kira."

Adens Blick wurde ganz träumerisch.

„Nein, das ist nicht dein Ernst? Du willst echt Kira nen Antrag machen? Wie geil ist das denn!"

„Ja, das will ich. Ich kann an nichts anderes mehr denken. Sie ist die Liebe meines Lebens. Nächstes Jahr machen wir unseren Abschluss und in drei Jahren die Mädels. Ich weiß es ist noch etwas Zeit, aber ich habe einfach das Bedürfnis ihr zu zeigen, wie ernst es mir mit uns ist. Aber bitte, KEIN Wort! Zu niemanden. Auch nicht zu meiner Schwester."

„Hey, das ist Ehrensache! Versprochen! Meine Lippen sind versiegelt."

Schweigsam setzten die Freunde ihren Weg fort. Jeder hing seinen eigenen Gedanken nach und Raik fragte sich, wann Aden beschlossen hatte, Kira einen Antrag zu machen. Er selbst liebte Fabienne auch von ganzem Herzen. Aber wär er jetzt schon bereit, an Hochzeit zu denken?

19

„Männer, ihr habt wirklich großartige Arbeit geleistet. Euren ersten Lohn habt ihr euch mehr als verdient. Auf eine weitere spitzenmäßige Zusammenarbeit. Prost!"

Mit diesen Worten hielt Paolo seine Flasche Bier in die Luft und stieß mit Raik, Aden und noch zwei anderen Kfz-Mechanikern an. Dann übergab er an jeden seiner Mitarbeiter einen Umschlag.

„Was ein geiles Gefühl! Unser erstes selbstverdientes Geld. Und sogar ein Bonus für gute Arbeit ist bei. Na, wenn das nichts ist! Und, bist du dabei, heute mein Auto zu kaufen?"

„Klar! Erst komm ich mit dir und dann du mit mir."

„Willst du´s also echt noch immer durchziehen?"

Raik musterte Aden argwöhnisch.

„Ich war mir noch nie einer Sache so sicher."

„Na dann."

Aden grinste.

„Los geht's."

„Ist der nicht ein Traum?"

Anmutig strich Raik über die Motorhaube und umrundete den schwarzen BMW mit kurzen Schritten.

„Macht nen schmalen Fuß würd ich sagen. Hast du gecheckt, ob er okay ist?"

„Klar, noch bevor ich mich verliebt habe."

Voller Stolz unterschrieb Raik den Kaufvertrag.

Kurz darauf lenkte Raik sein erstes eigenes Auto die Hauptstraße entlang.

„Und, weißt du schon, wo wir fündig werden?"

„Na sicher. Laut meiner Mutter ist in der Altstadt ein Juwelier, der nahezu konkurrenzlos ist. Bei dem will ich mich mal umschauen."

Raik parkte seinen BMW am Straßenrand. Sie stiegen aus und gingen die Fußgängermeile entlang.

„Da vorn ist es."

Ein leises *pling* erklang, als sie die Tür öffneten und Raik konnte deutlich Adens Aufregung spüren, bevor sie das Schmuckgeschäft betraten. Ein alter, weißhaariger Mann kam aus dem Hinterzimmer geschlürft und begrüßte sie.

Aufmerksam studierte Aden die ausgestellten Ringe.

„Kann ich ihnen beiden behilflich sein?"

„Er sucht einen Ring für seine Liebste."

Antwortete Raik an Adens Stelle und klopfte seinem Freund grinsend auf die Schulter. Dieser wendete seinen Blick nicht von den Ringen.

„Oh, na dann."

Der alte Mann lächelte wohlwissend und richtete nun seine ganze Aufmerksamkeit auf Aden.

„Und junger Mann, haben sie denn schon eine bestimmte Vorstellung?"

Aden schaute kurz auf und schien zu überlegen.

„Nein, eigentlich nicht. Ich denke, ich muss ihn sehen und es muss klick machen. So wie bei Liebe auf den ersten Blick. Verstehen sie?"

„Ja ich verstehe."

Der alte Mann lächelte wieder.

„Beschreiben Sie mir doch mal Ihre Freundin."

„Ich soll Ihnen Kira beschreiben?"

Der alte Mann nickte.

„Okay, na schön. Kira ist auf jeden Fall wunderschön und gebildet. Wenn sie lacht, bilden sich kleine Grübchen an ihren Mundwinkeln. Sie ist ein bisschen verrückt, aber auf eine faszinierende Art und Weise. Sie bringt Licht in jede Dunkelheit und sie macht mich einfach glücklich. Keinen Tag möchte ich mehr ohne sie sein."

„Ich verstehe. Warten Sie hier."

Mit diesen Worten drehte sich der alte Mann um und schlürfte zurück ins Hinterzimmer. Aden blickte ihm verdutzt hinterher und schaute dann Raik an, der nur mit den Schultern zuckte.

Aden widmete seine Aufmerksamkeit wieder den ausgestellten Ringen.

„Ich glaub, hier ist keiner für mich dabei", flüsterte er fast enttäuscht Raik zu.

In diesem Moment kam der alte Mann zurück, in seiner Hand einen kleinen Schaukasten.

„Ich glaube, hier werden Sie eher fündig."

Er legte den Schaukasten vor Aden ab. Als dieser ihn betrachtete, durchzog ein seliges Lächeln sein Gesicht.

„Das ist er. Genau nach dem hab ich gesucht."

Aden zeigte fast ehrfürchtig mit seinem Finger auf den Ring.

„Schlicht und doch in seiner Einzigartigkeit nicht zu übertreffen. Der ist geradezu perfekt."

„Das dachte ich mir."

Zufrieden lächelte der alte Mann.

Aden bezahlte und nahm das kleine Schächtelchen entgegen, in dem sich der Ring befand. Er dankte und verließ dann mit Raik zusammen den Laden. Das leise *pling* der Tür begleitete sie hinaus.

„Ich kann es nicht fassen! Meine Mutter hatte wirklich Recht. Hast du schon mal einen perfekteren Ring gesehen? Ich frage nur, woher der Alte wusste, wonach ich genau suche?"

„Ich schätze, es ist sein Job. Obwohl es natürlich schon gewagt war von dem Alten, mit nur einem Ring im Schaukasten anzukommen. Und was wirst du nun tun?"

Aden blieb stehen.

„Das ist eine gute Frage. Bis eben war das mit dem Ring noch so weit weg. Aber ich bin bereit für den nächsten Schritt. Ich lasse ihn gravieren und dann muss ich nur noch auf den richtigen Augenblick warten. Vielleicht ein Ausflug am Wochenende."

„Klingt gut."

20

„Aden hat ja wirklich geheimnisvoll getan. Weißt du, was er mit Kira plant?"

„Na klar."

Sanft küsste Raik Fabiennes Nasenspitze.

„Aber das wird nicht verraten. Du wirst es noch früh genug erfahren. Kino?"

Fabienne legte die Stirn in Falten. Irgendwie musste sie doch aus Raik rauskitzeln können, was das mit Aden und Kira auf sich hatte. Schmollen, wusste sie, brachte nichts. Doch irgendwie würde sie Raik schon dazu bringen, sich zu verplappern.

Sie nickte zustimmend.

„Kino also. Fein."

Raik grinste. Sichtlich genoss er es, dass seine Freundin dem Wahnsinn nahe war vor Neugierde.

Fabienne hätte ihn am liebsten geschüttelt und gezwungen, wenn es sein hätte müssen unter Folter, ihr alles zu sagen, doch sie ließ sich nichts anmerken und lächelte zurück.

Das Telefon klingelte im Wohnzimmer.

Nach dem dritten Klingeln verstummte es. Es folgte Stille und dann ein Schrei.

Fabienne und Raik stürmten sogleich aus Fabiennes Zimmer die Treppe hinunter. Bella saß kreidebleich auf dem Fußboden. Loki hatte das Telefon an sich genommen und lauschte, unfähig ein Wort zu sagen. Dann legte er auf und blickte sich um. Bella starrte ihren Mann an, dieser senkte den Kopf.

„Nein!", schrie sie. „Nein, hörst du? Das kann nicht sein!"

Tränen liefen über Lokis Wangen und auch Bella begann zu schluchzen.

„Nein, nein, nein!", wiederholte sie immer wieder und schlug sich dabei immer wieder mit den Fäusten auf die Oberschenkel.

„Was ist los?"

Fabienne überkam auf einmal ein ganz seltsames Gefühl.

„Wer war da eben am Telefon?"

Bella und Loki schwiegen. Keiner von beiden war fähig zu antworten. Instinktiv umarmte Raik Fabienne.

„Ich habe euch etwas gefragt! Wer war das? Was ist los?"

Fabienne schrie vor Panik und befreite sich hektisch aus Raiks Umarmung.

„Es... es war die Polizei", antwortete Loki heiser und wieder füllten sich seine Augen mit Tränen.

„Die Polizei? Aber was wollten die denn?"

„Dein Bruder... er hatte einen Unfall."

Raik saß mit Fabienne und ihren Eltern im Warteraum des Krankenhauses. Fabienne hatte sich an Raiks Brust gelehnt und schluchzte. Loki saß da und starrte vor sich hin. Und auch Bella war ganz ruhig geworden.

Keiner von ihnen sagte ein Wort. Die Zeit verging im Schneckentempo.

Ein Polizeibeamter betrat das Wartezimmer. Er nahm seine Schirmmütze vom Kopf und trat direkt auf Loki zu.

„Familie Kaprys?"

Loki nickte mit leerem Blick.

„Darf ich mich einen Augenblick zu Ihnen setzen?"

Loki nickte erneut, unfähig etwas zu sagen.

Der Polizist zog sich einen Stuhl heran und setzte sich.

„Zuerst einmal möchte ich Ihnen mitteilen, dass wir Ihren Sohn gänzlich als Unfallverursacher ausschließen können. Es ist vielleicht ein kleiner Trost in dieser schweren Zeit. Sie kannten seine Beifahrerin?"

„Kira! Oh mein Gott, Kira. Was ist mit ihr? Wo ist sie?"

Fabienne war hochgeschnellt. Vor lauter Sorge um ihren Bruder hatte sie gar nicht an Kira gedacht. Tränen füllten ihre Augen.

Die Gesichtszüge von dem Beamten wurden ganz weich. Man konnte ihm deutlich sein Unbehagen ansehen.

„Es tut mir Leid, Ihnen mitteilen zu müssen, dass Kira Jones noch bevor der Notarzt am Unfallort eingetroffen war, der Schwere ihrer Verletzungen erlegen ist."

„Nein! Niemals!"

Fabienne schrie und wollte fortlaufen, doch Raik hielt sie zurück. Er zog sie in seine Arme und lockerte erst seinen Griff, als er spürte, dass keine Gegenwehr mehr von Fabienne kam.

Raik selbst hatte einen dicken Kloß im Hals. Er wusste, dass er nun stark sein musste für Fabienne, aber er hatte noch keine Ahnung, woher er diese Kraft aufbringen sollte.

„Was ist eigentlich passiert? Am Telefon sagte man uns nur, es gab einen Unfall."

Loki saß wie versteinert auf seinem Stuhl, die Augen auf den Polizisten geheftet.

„Die Spurensicherung ist sich sicher, dass der andere Wagen mit überhöhter Geschwindigkeit einen LKW überholen wollte und dabei den Wagen Ihres Sohnes übersah. Die beiden Autos sind frontal zusammengestoßen. Der Fahrer des anderen Wagens stand unter Alkohol- und Drogeneinfluss."

„Lebt er?"

Deutlich war Lokis Wut zu spüren.

„Nein, er und seine Beifahrerin waren auf der Stelle tot. Die drei Insassen auf dem Rücksitz haben jedoch wie durch ein Wunder überlebt und haben nur leichte Verletzungen."

Loki rieb sich mit den Handflächen über sein Gesicht. Das konnte doch alles nicht wahr sein.

In diesem Moment trat ein Arzt in einem grünen Operationskittel in den Warteraum. Seinem Gesicht war die Anstrengung der letzten Stunden deutlich anzusehen.

Erwartungsvoll blickten alle den Arzt an.

Seine Augen spiegelten Bedauern, bevor er den Kopf schüttelte.

Bella begann zu schreien. Sie klammerte sich an ihren Mann, hämmerte mit ihren Fäusten gegen seine Brust. Dicke Tränen liefen über Lokis Gesicht.

Raik hielt die weinende Fabienne fest in seinen Armen und wünschte sich nichts sehnlicher, als aus diesem Alptraum endlich zu erwachen.

21.

Die Vögel zwitscherten, während der Pfarrer seine Trauerrede verlas.

„Wenn ein lieber Mensch aus der Familie, der Verwandtschaft oder des Freundeskreises das irdische Dasein vollendet hat und diese Welt für immer verlässt, dann sind es die Hinterbliebenen, die mit ihrem Schmerz zurückbleiben. Es stellt sich die Frage nach dem Warum. Warum mussten Kira und Aden so früh von uns gehen? Ich kenne die Antwort leider auch nicht. Und ich vermag es leider auch nicht, Ihren Schmerz zu lindern. Aber ich kann Ihnen folgende Worte mit auf den Weg geben, die einst ein sehr weiser Mann zu mir gesprochen hat."

Der Pfarrer machte eine kurze Pause und blickte von seinen Notizen auf. Er schaute in tränennasse Gesichter und konnte den Schmerz der anwesenden Trauergäste nur allzu deutlich spüren.

„Wenn Trauer dein Herz umfüllt, lass dich von der Liebe umfangen und von deinen Erinnerungen trösten. Lass dich von der Hoffnung führen und von den Menschen begleiten, die dir in dieser Zeit besonders nahe sind."

Fabienne lehnte sich in Raiks Arme. Sie hatte das Gefühl jeden Moment umzukippen. Dieser Schmerz und diese Leere zerrten an ihren Kräften. Am liebsten hätte Fabienne geschrien. Doch sie riss sich zusammen. Sie weinte verzweifelte Tränen, unfähig der Trauerrede weiter zuzuhören.

Die zwei Särge wurden von den Sargträgern zu ihrer letzten Ruhestätte gebracht und obwohl viele gekommen waren, um Aden und Kira die letzte Ehre zu erweisen, herrschte Stille auf dem Friedhofsgelände. Nur ab und an war ein Schluchzen oder Schniefen zu vernehmen.

Am Abend, nachdem sich der letzte Trauergast verabschiedet hatte, saßen Bella, Loki, Fabienne, Raik und Kiras Mutter Kate am Küchentisch der Familie Kaprys. Die Schwere des Tages lastete auf ihnen.

„Wie soll es denn jetzt nur weiter gehen?", fragte Kate mehr sich selbst, als die anderen am Tisch.

Sie betrachtete die flackernde Flamme der Kerze und Tränen liefen über ihre Wangen.

„Sie fehlt mir so unglaublich doll."

Ihr Blick wanderte zu Fabienne und wurde ganz weich.

„Ich weiß, sie fehlt dir auch. Ihr wart so gute Freundinnen. Und Aden…"

Mitten im Satz brach sie ab.

Jetzt begann auch Bella wieder zu weinen. Raik nahm Fabiennes Hand und streichelte sie sanft.

„Es waren so viele heute gekommen. Mit einigen hätte ich nie gerechnet. Aber da sieht man es mal wieder, wie sehr doch Verlust und Trauer zusammenschweißen. Nur deine Eltern habe ich gar nicht wahrgenommen."

Raik war Kates Aussage sehr unangenehm. Verlegen rutschte er auf seinem Stuhl hin und her.

„Ähm, sie konnten leider nicht kommen. Sie wollten, aber es ging nicht. Und…"

Fabienne fiel Raik ins Wort, denn sie konnte seinen Unmut ganz genau spüren.

„Und eigentlich ist das auch gar nicht wichtig. Die Hauptpersonen sitzen doch hier am Tisch. Und auch wenn keiner weiter gekommen wäre, hätte dieser Tag nicht schwerer sein können."

Mit diesen Worten erhob sie sich.

„Kommst du mit? Ich möchte jetzt nur noch auf mein Zimmer."

Auch Raik erhob sich und verabschiedete sich höflich von Bella, Loki und Kate. Dann folgte er Fabienne in ihr Zimmer.

„Puh, danke! Du warst echt meine Rettung."

„Kein Ding. Aber warum waren eigentlich deine Eltern nicht da? Immerhin ging es hier um Aden und Kira."

„Ich hab echt keine Ahnung. Meine Mutter meinte, dass sie nirgends hingeht, wo *die* auch ist. Und mein Vater meinte zwar, dass *sie* damit nichts zu tun habe, hat sich dann aber meiner Mutter gebeugt."

„Seltsam. Und wer ist *die*?"

„Keine Ahnung! War mir auch ehrlich gesagt egal. Es sind und bleiben Egoisten, die nur das machen, woraus sie Vorteile schlagen können. Solche Heuchler brauch ich an solch einem Tag echt nicht."

Fabienne erkannte den Groll, aber auch den Schmerz in Raiks Augen. Liebevoll umarmte sie ihn.

„Ich kann es gar nicht glauben, dass wir die beiden nie wieder sehen."

Wieder begann sie zu weinen.

„Pst, nicht weinen."

Zärtlich küsste Raik Fabiennes Tränen weg. Diese beugte sich vor und holte eine kleine Schachtel aus ihrer Nachttischschublade.

„Weißt du, was das ist? Ich habe mich nicht getraut sie zu öffnen."

Raik nahm Fabienne die Schachtel aus der Hand und drehte sie hin und her. Seine Augen füllten sich mit Tränen, als er nickte.

„Das war der Grund für den Ausflug."

Ein wehmütiges Lächeln huschte über Raiks Gesicht, als er Fabienne alles über den Ring-Kauf und die Verlobungspläne von Aden berichtete.

„Oh, das ist ja wunderschön und absolut traurig zugleich."

Fabienne wischte sich die Tränen aus ihrem Gesicht und nahm den Ring aus dem Etui. Sie drehte ihn und las die Gravur *forever*.

„Nun sind die beiden für immer vereint."

„Ja, das stimmt."

„Was sollen wir jetzt mit dem machen?"

Fabienne hielt den Ring in die Luft.

„Vielleicht kann man ihn in dem Grabstein einarbeiten lassen. Ich denke, das würde Aden gefallen."

Schwermütig versuchte Fabienne zu lächeln.

„Ja, das würde ihm gefallen."

22

„Pst, nicht weinen."

Liebevoll streichelte Raik über Fabiennes Haar.

„Magst du mir nicht endlich erzählen, was passiert ist?"

„Das   ist   doch   nicht   fair."

Fabienne hatte Mühe die Worte zusammenhängend aus-zusprechen, denn durch ihr heftiges Weinen, musste sie immer wieder nach Luft schnappen und schniefen.

Raiks T-Shirt war tränendurchnässt. Sanft wiegte er Fabi-enne zur Beruhigung. Er hatte keine Ahnung, was mit sei-ner Freundin los war, aber so verstört hatte er sie nicht mal nach Adens und Kiras Tod erlebt. Und das machte ihm wirk-lich Angst.

Mit rotunterlaufenen Augen schaute Fabienne ihren Liebsten an. Sie war zu keinem weiteren Wort im Stande. Tränen liefen über ihr Gesicht und ihr ganzer Körper vi-brierte, wenn sie um Luft rang.

„Ich hab eine Idee! Was hältst du davon, wenn wir zum Strand fahren und uns da einen tollen Tag machen? Oder wie wär es mit einem Spaziergang im Wald? Egal was. Ent-scheide du. Schöne Gedanken werden dir helfen und wenn du so weit bist, erzählst du mir, was passiert ist."

Fassungslos blickte Fabienne Raik an, nickte dann aber zustimmend.

Eine Stunde später liefen Raik und Fabienne stumm Hand in Hand den Waldweg entlang. Der Pfad lotste sie über mehrere kleine Holzbrücken, die über ein klares Bächlein führten.

Jeder von ihnen hing in seiner eigenen Gedankenwelt, sodass sie das zarte Rauschen des Baches, die munter zwitschernden Vögel, den Ruf eines Kuckucks und das leise Pochen eines Spechtes gar nicht wahrnahmen. Raiks Gedanken schwirrten um Fabienne. Was war nur geschehen, dass sie so durch den Wind war?

„Es ist wirklich schön hier."

Fabienne löste sich von Raiks Hand, verließ den Weg und tastete sich vorsichtig zum Ufer hinunter. Sie zog ihre Schuhe aus und schritt langsam ins kühle Wasser. Raik setzte sich auf einen Baumstumpf und beobachtete Fabienne. Ein Lächeln erschien auf seinem Gesicht, als er sie so da stehen sah. Die wenigen Sonnenstrahlen, die durch das Blätterdach der Bäume drangen, schienen ihr seidiges Haar zu küssen. Sie war so wunderschön.

Raik verlor sich in seinen Gedanken, sodass er gar nicht bemerkte, wie Fabienne sich ihm näherte und zuckte zusammen, als sie ihre Hand auf seine Schulter legte. Fabienne lächelte ihn an. Raik lächelte zurück und zog Fabienne auf seinen Schoß, um sie leidenschaftlich zu küssen. Als sich ihre Lippen wieder trennten, füllten sich Fabiennes Augen mit Tränen.

„Lass uns weitergehen."

Wieder schwiegen sie, als sie Hand in Hand den Waldweg entlangliefen. Der Weg führte sie auf eine Lichtung. Sattes Grün und bunte Blumen empfingen sie dort einladend. Sie legten sich nebeneinander ins dichte Gras und schauten in den Himmel. Weiße Schäfchenwolken zogen über sie hinweg.

„Wirst du mich für immer lieben, auch wenn ich nicht mehr in deiner Nähe bin?"

Diese Frage kam wie aus dem Nichts. Raik drehte sich zu Fabienne und blickte sie fragend an.

„Natürlich! Aber du bist doch bei mir."

Wieder füllten sich Fabiennes Augen mit Tränen.

„Willst du mir nicht endlich sagen, was los ist?"

Liebevoll streifte Raik Fabienne eine Haarsträhne aus dem Gesicht.

„Mein Vater hat einen Job angeboten bekommen. Wir ziehen weg. Noch Ende des Monats."

„Was?"

Raik schnellte hoch. In seinen Ohren rauschte es und sein Herz pochte wie wild. Er sprach lauter als beabsichtigt.

„Wohin?"

„Singapur. Papa meint, dass uns hier nichts mehr hält. Und dass es nach Adens Tod eine tolle Chance für einen Neuanfang für jeden von uns wäre. Ich habe sie angefleht, mich hier zu lassen, aber es nutzt nichts. Ich bin so verzweifelt, Raik."

Fabienne schmiegte sich an ihren Freund und weinte. Auch über Raiks Wange schlängelte sich eine Träne. Dies war eindeutig der schlimmste Tag in seinem Leben. Er wusste nicht, wie er es überstehen sollte, nun auch noch Fabienne zu verlieren. Allerdings ließ er sich nichts anmerken, denn im Moment musste er für Fabienne stark sein.

23

Auf dem Flughafengelände herrschte reges Treiben. Jeder schien in Eile zu sein. Überall liefen Menschen hektisch umher. Einige zogen ihre Koffer hinter sich her, andere schoben Gepäckwagen. Es wimmelte von Geschäftsleuten und Familien, die in den Urlaub fliegen wollten. Und mitten in dem ganzen Wirrwarr stand ein Pärchen, sich fest umarmend und schweigend.

Fabienne schluchzte und auch Raik hatte einen dicken Kloß im Hals.

„Ich will nicht weg! Ich will bei dir bleiben!"

Das Weinen wurde immer heftiger.

„Pst, ich weiß. Ich will das auch nicht."

Raik fühlte sich so hilflos, seine Liebste so unendlich traurig zu sehen. Er selbst fühlte sich leer und schwach.

„Wir werden uns schreiben. Und natürlich jeden Tag telefonieren. Und übers Internet können wir skypen und uns dadurch sehen. Und nächstes Jahr, sobald ich meinen Abschluss in der Tasche habe, komme ich zu dir. Ein Jahr, Fabienne. Hörst du? Ein Jahr, dann sind wir wieder vereint. Und dann kann uns nichts mehr trennen. Das schaffen wir."

Mit geröteten Augen schaute Fabienne Raik an. Sie versuchte zu lächeln, schaffte es aber nicht. Kraftlos nickte sie.

„Fabienne? Wir müssen jetzt durch die Sicherheitsschleuse. Raik!"

Loki klopfte Raik auf die Schulter, unfähig ihm in die Augen zu blicken.

Bella umarmte Raik zum Abschied und zog dann ihren Mann mit sich.

„Lass den beiden noch einen kurzen Augenblick."

Raik küsste Fabienne. Er wollte alles von ihr in seinen Gedanken speichern. Als sich ihre Lippen trennten, blickten sie sich beide ganz fest in die Augen.

„Ich liebe dich! Das darfst du nie vergessen!"

„Ich liebe dich auch!"

Raik öffnete den Briefkasten. Da war er endlich! Fabienne hatte ihm schon vor Tagen gesagt, dass sie einen Brief losgeschickt hatte. Und nun hielt er ihn in seinen Händen.

Langsam und mit Bedacht öffnete er den Umschlag und holte das gefaltete Blatt Papier heraus. Er klappte es auf und entdeckte als erstes das mitgeschickte Foto. Es zeigte das wunderschöne Gesicht seiner Freundin. Tränen der Freude und der Sehnsucht schossen in seine Augen, als er das Foto betrachtete.

Raik seufzte. Er vermisste Fabienne jeden Tag ein bisschen mehr, und obwohl sie jeden Tag versuchten mit einander zu telefonieren, war es doch nicht dasselbe. Der Zeitunterschied erschwerte das Ganze noch zusätzlich.

Schwer atmend hängte Raik Fabiennes Bild an seine Pinnwand über seinem Bett und faltete dann das Papier zu Ende auf.

Mein liebster Raik!

Es vergeht kein Tag, an dem ich dich nicht vermisse.

Ich soll das hier alles schön finden, aber ich weiß nicht wie, denn nichts ist schön ohne dich.

Deine Stimme am Telefon zu hören ist das, was mir Kraft gibt und das Schlimmste für mich ist zu wissen, dass du genauso leidest wie ich.

Letzte Nacht konnte ich nicht schlafen. Ich weiß auch nicht, es kam so über mich. Ich hatte so schreckliches Heimweh und Sehnsucht nach dir. Also habe ich mir Bilder angeschaut. Bilder aus alten Zeiten, die so viel besser waren. Und mir wurde schmerzlich bewusst, dass es diese Zeiten nie wieder geben wird. Kira und Aden – sie fehlen mir so sehr. Ich weiß, sie fehlen auch dir...

Letzte Nacht also, schaue ich mir weinend unsere Bilder an und greife wie unter Magie zu meinem Stift. Und das kam dabei raus:

Tränen

Salzwasser auf meinem Gesicht.
So viele Tränen,
aber sie helfen mir nicht.
Egal wo ich bin, egal was ich tu.
In meinen Gedanken bist immer nur du.
Die Tränen kommen so plötzlich und fies.
Ich kann sie nicht steuern, ich fühl mich
so mies.
Tränen aus Liebe,
Tränen aus Leid,
Tränen aus Kummer und
Tränen aus Freud.

„Macht, dass ihr wegkommt, ihr Tränen
auf meinem Gesicht.
Ich will euch nicht haben. Ich brauche
euch nicht.
Ich hab mein Leben bisher ohne euch ge-
lebt.
Geht weg, ihr Tränen, ich weiß, dass das
geht."
Doch unaufhörlich laufen sie mir übers
Gesicht.
Fast wie aus Trotz vermehren sie sich.
Unaufhaltsam wird aus Rinnsal ein
Meer.
Verdammt nochmal, ich lieb dich zu
sehr!!!

Ich finde, es ist ganz gut geworden. Was
meinst du?

Raik, ich zähle die Tage bis zu unserem
Wiedersehen.

Ich schicke 1000 Küsse zu dir. Bis später
am Telefon.

In ewiger Liebe

Fabienne

Teil 2

1.

*R*aik suchte mit seinen Augen immer wieder die Räumlichkeiten ab. Seine Sinne waren gespitzt. Er wollte sie unbedingt wieder sehen.

Trish kam auf ihn zu. Sie lächelte kalt.

„Liebling, da bist du ja! Alle warten schon auf uns. Wir müssen die Torte anschneiden."

Mit diesen Worten zog sie Raik eilig mit sich. Im Speisesaal angekommen steuerte Trish zielsicher auf die fünfstöckige Hochzeitstorte zu. Raik stellte sich hinter seine Frau, umfasste ihre Hand, die auf dem Messer ruhte und schnitt mit ihr zusammen die Torte an. Der Hochzeitsfotograf machte davon ein paar Aufnahmen und zog sich dann eilig zurück, bevor die Gäste das Kuchenbuffet stürmten.

Alle waren zufrieden, nur Raik stocherte in seinem Stück Kuchen herum. So viele Fragen schwirrten in seinem Kopf.

„Du siehst aus, als hättest du einen Geist gesehen."

Benjamino trat lachend auf Raik zu und klopfte seinem Freund auf die Schulter.

Raik zuckte zusammen und drehte seinen Kopf zu ihm.

„Sie ist hier", flüsterte er seinem Freund fast ehrfürchtig zu.

„Wer? Wen meinst du?"

„Fabienne!"

„Willst du mich verarschen? Ist hier irgendwo Versteckte Kamera?"

Hastig schaute Benjamino um sich.

„Nein, wenn ich es dir doch sage! Trish hat sie irgendwie gefunden und eingeladen. Was sie damit bezweckt, weiß ich noch nicht. Aber Fakt ist: Fabienne ist hier!"

Unzählige Stunden hatten die beiden Männer damit verbracht, über Fabienne zu reden. Mehr als ein dutzend Mal hatte Raik seinem Kummer freien Lauf gelassen. Benjamino kannte die ganze Geschichte von Aden und Kira. Und er wusste von Raiks verzweifelter Liebe zu Fabienne. Ein Jahr bevor Raik mit Trish zusammengekommen war, waren die beiden sogar nach Singapur geflogen und hatten den ganzen Sommer über nach Fabienne gesucht. Und nun sollte sie plötzlich hier sein? Ausgerechnet auf Raiks Hochzeit! Benjamino verstand die ganze Welt nicht mehr und wusste, dass es Raik da nicht anders ging.

Die ersten Akkorde des Hochzeitstanzliedes erklangen und Raik verbeugte sich förmlich vor Trish. Er küsste ihre Hand, zwinkerte ihr zu, während er sie in seine Arme zog, und forderte sie zum Tanz. Sie schwebten förmlich über die Tanzfläche. Der in den vergangenen Wochen besuchte Tanzkurs zahlte sich wirklich aus.

Auch während des Tanzes hielt Raik heimlich Ausschau nach Fabienne. Sein Herz begann zu rasen, als er sie plötzlich entdeckte.

Raik vermochte es nun nicht mehr, seinen Blick von Fabienne zu lassen. Sie war noch genau so schön wie früher. Nein, eigentlich war sie noch viel schöner.

Trish bemerkte Raiks Veränderung. Instinktiv wusste sie, dass sie einen Fehler gemacht hatte, Fabienne ausfindig zu machen. Nun gab es kein Zurück mehr. Aber was sollte schon schief gehen? Schließlich hatte Raik sie geheiratet und er würde sich doch niemals von ihr trennen.

Dessen war sich Trish sicher.

Sie fing Fabiennes Blick ein, die gerade Raik anlächelte. Rasend vor Eifersucht küsste Trish Raik. Es war kein leidenschaftlicher Kuss, sondern pure Gier, die zeigen sollte, was jetzt ihr gehörte.

2

Sein Herz fing erneut an zu rasen, als Raik Fabienne auf der Terrasse stehen sah. Mit weichen Knien trat er zu ihr in die mondscheindurchflutete Nacht.

„Da bist du ja", sagte er heiser.

Fabienne drehte sich zu Raik um, lächelte und blickte dann wieder in die Nacht hinaus.

„Schön habt ihr es hier."

Fassungslos schaute Raik Fabienne an und wusste nicht, was er von ihrem Verhalten halten sollte. Nach all den Jahren fiel ihr nichts Besseres ein als zu sagen, dass sie es hier schön findet? Es herrschte Chaos in seinem Kopf. Er hatte so viele Frage und er lechzte nach Antworten.

„Du hattest keine Ahnung, dass ich komme."

Es war keine Frage, wie Fabienne ihre Worte formulierte.

Noch immer blickte sie zu den Sternen und es schien, als würde sie mit ihnen reden.

„Ich habe lange überlegt, ob ich wirklich kommen soll. Nach all der Zeit und ausgerechnet zu deiner Hochzeit."

Langsam drehte sich Fabienne zu Raik und lächelte.

„Aber ich muss zugeben, ich war neugierig. Und zwanzig Jahre sind wirklich eine verdammt lange Zeit. Jeder hat sein eigenes Leben und es war ja klar, dass wir beide nicht ewig aufeinander warten können. Also, hier bin ich! Und Kompliment, deine Frau ist wirklich wunderschön."

Du bist wunderschön, hallte es durch Raiks Kopf. Doch er traute sich nicht, diesen Gedanken auszusprechen.

„Magst du ein Stück spazieren gehen? Wir könnten zum Strand, so wie früher."

Fabienne schüttelte traurig den Kopf.

„Ich denke, das müssen wir auf ein anderes Mal verschieben. Es würde doch etwas blöd aussehen, wenn der Bräutigam an seiner eigenen Hochzeit einfach so verschwindet. Oder meinst du nicht?"

Die Hochzeit! Raik wurde verlegen. Er hatte doch tatsächlich für diesen Moment mit Fabienne seine eigene Hochzeit völlig ausgeblendet. Ein kleiner Teil von ihm schämte sich dafür. Der andere, wesentlich größere, wünschte, er hätte Trish nicht geheiratet.

„Ich befürchte, du hast Recht."

Deutlich spürte Fabienne Raiks Traurigkeit. Diese Vertrautheit! Nach all diesen Jahren war sie immer noch da.

Fabienne zupfte ihr purpurnes Kleid zurecht.

„Ich war heut Morgen bei Aden und Kira. Wie du den Ring in den Grabstein einarbeiten lassen hast – echt genial."

Raik zuckte mit den Schultern. Was sollte er jetzt noch sagen? Ihm wurde augenblicklich bewusst, dass er heute den Fehler seines Lebens begangen hatte.

Mit kurzen Schritten durchquerte Raik den Tanzsaal. Er hatte Mühe gerade zu gehen, denn der von ihm getrunkene Whisky zeigte allmählich seine Wirkung. Alle Gäste um ihn herum wirkten vergnügt. Einige tanzten, andere unterhielten sich angeregt. Die ganze Szenerie kam Raik so unwirklich vor wie ein Traum.

Raik spürte, wie die Müdigkeit ihn übermannte. Mit letzter Kraft ließ Raik sich auf einen Stuhl auf dem Balkon plumpsen und fiel augenblicklich in einen tiefen Schlaf.

Fabienne bediente sich gerade an dem üppigen Büfett, als Benjamino hinter ihr auftauchte.

„Ich kann es ehrlich nicht glauben, dass es dich wirklich real gibt! Ich befürchtete schon, wir jagten die ganze Zeit einem Phantom nach."

Verwirrt blickte sich Fabienne um.

„Pardon? Kennen wir uns?"

„Nein. Hach, wo sind nur meine Manieren? Darf ich mich vorstellen, mein Name ist Benjamino Litano und ich bin ein guter Freund von Raik. Und du bist Fabienne Kaprys?"

„Ähm, ja, die bin ich."

Zaghaft nahm Fabienne die ihr gebotene Hand zum Gruß entgegen.

„Fein. Oh Mann, ich kann es noch immer nicht glauben! Raik hat mir so viel von dir erzählt. Immer wieder. Stundenlang. Wir waren sogar vorletztes Jahr in Singapur, um nach dir zu suchen. Und nun bist du hier!"

„In Singapur? Aber da lebe ich doch seit Jahren nicht mehr! Das hatte ich Raik doch geschrieben. Nur, es kam ja nie eine Antwort von ihm zurück. Ich dachte, er hätte mich vergessen. Und nun sagst du, er hat dir von mir erzählt und ihr habt nach mir gesucht? Ich versteh das alles nicht!"

Fabienne wurde schwindelig. Ihre Gedanken überschlugen sich in ihrem Kopf und in ihren Ohren rauschte das Blut.

„Ich… ich glaube, ich muss mich mal etwas frisch machen."

Mit diesen Worten lief Fabienne in Richtung Damentoilette. Dort angekommen ging sie in eine der Kabinen und setzte sich mit angezogenen Knien auf den zugeklappten Deckel. Sie umklammerte ihre Beine und lehnte ihren Kopf vor.

Mit geschlossenen Augen dachte Fabienne über Benjaminos Worte nach und wusste einfach nicht, wie sie mit diesen Informationen umgehen sollte.

Die Damentoilettentür wurde aufgestoßen und eine Schar durcheinander redender Frauen riss Fabienne aus ihren Gedanken.

„Trish, mein Gott, diese Hochzeit ist echt der absolute Burner! Ihr habt wirklich weder Kosten noch Mühen gespart. Und du siehst echt so toll aus, Trish."

„Ja, nicht wahr? Habt ihr eigentlich Raiks Gesicht gesehen, als er diese *Fabienne* entdeckte?"

Allein, wie abwertend Trish Fabiennes Name sagte, stellten sich bei ihr die Nackenhaare hoch. Ganz still lauschte Fabienne den Worten der Frauen.

„Ja klar hab ich´s gesehen. Kessy, reich mir mal den Lipgloss! Also ich versteh ja echt nicht, wieso du diese *Bitch* überhaupt eingeladen hast. Ich hätte mir das ja nicht gegeben!"

„Raik gehört jetzt MIR! Und das wollte ich *seiner großen Liebe* zeigen."

„Und was macht dich so sicher, dass er dich nicht verlässt?"

„Weil das ein Raik Fernandes nie machen würde! Außerdem denkt er ja, ich sei schwanger. Nur deshalb hat das so schnell mit der Hochzeit geklappt. Und wenn ich das Kind erst verloren habe", Trish setzte das "verloren" mit ihren Fingern in Anführungszeichen, „werde ich so sehr leiden und ihm ein schlechtes Gewissen einreden, dass er mich gar nicht verlassen kann. Und diese *Fabienne* geht dann eh in die Staaten zurück und dann wird er sie auch wieder vergessen. Und bis dahin, soll er ruhig leiden! Mich vor all unseren Freunden bloßzustellen. Wenn ich nur daran zurück denke, könnte ich durchdrehen. Grrrrrrrr!"

„Er denkt, du bist schwanger?", fragte Eva entsetzt.

„Ja, er will ja auch unbedingt Kinder. Mir können die echt gestohlen bleiben. Ich ruiniere doch nicht wegen einem *Gör* meine Figur."

„Ähm, ich dachte, nach deiner Abtreibung damals, kannst du gar keine bekommen?"

Trish tätschelte Evas Arm.

„Und das, meine Liebe, ist auch gut so! Doch Raik braucht das ja auch nicht zu wissen! Verstanden?", funkelte Trish Eva mit bösem Blick an.

„Von mir erfährt er nichts! Versprochen!"

Mit diesen Worten verließen die Frauen die Damentoilette und Fabienne war wieder allein. Diese war zu keiner Bewegung fähig. Hatte sie da wirklich richtig gehört? Das war ja wie in einem Film voller Intrigen.

Sie musste mit Raik reden. Aber wann? Und vor allem wie? Sie konnte ihm ja schlecht das so sagen, wie sie es eben gehört hatte. Oder doch? Ihre Gedanken schwirrten wieder in ihrem Kopf. Irgendwas musste sie sich einfallen lassen, und das würde sie auch. Wenigstens das war sie ihm schuldig.

3.

Die nächsten Tage verbrachte Fabienne damit, Freunde aus vergangenen Zeiten aufzusuchen. Einige wohnten noch immer in derselben Stadt oder lebten nicht weit entfernt. Es war schön für Fabienne zu spüren, dass niemand sie vergessen hatte und mit jedem einzelnen konnte sie eine ganz individuelle gedankliche Zeitreise machen. So erfuhr sie viel über Raiks Leben nach ihrem Wegzug. Wie gern hätte sie mit ihm über alles geredet, mit ihm gemeinsam nach Antworten auf die ganzen Fragen gesucht. Es brannte in ihr, weil sie nicht die Möglichkeit bekam, mit Raik zu reden, denn dieser war, wie Fabienne erfahren musste, mit seiner Frau am Tag nach seiner Hochzeit in die Flitterwochen geflogen.

In Gedanken versunken schritt Fabienne durch das gusseiserne Tor des Friedhofs und lief den geschwungenen Weg entlang, der sie direkt an Adens und Kiras Grab führte. Sie ging in die Hocke und betrachtete den Grabstein. Augenblicklich füllten sich ihre Augen mit Tränen, als sie die weißen Rosen aufs Grab legte. Fabienne fühlte den Schmerz der Sehnsucht und des Vermissens. Wenn doch damals beide nicht diesen Unfall gehabt hätten.

„Ihr fehlt mir so schrecklich! Wenn ihr nur da wärt, wäre alles so viel einfacher."

Nun liefen dicke Tränen über Fabiennes Wangen. Jede einzelne Erinnerung an jene tragische Nacht war wieder da.

Noch immer kam es Fabienne so ungerecht vor, dass ausgerechnet Kira und Aden aus dem Leben gerissen worden waren.

Schluchzend sprach Fabienne über ihr Leben. Und über Raik und den ganzen Kummer, der sie momentan zu erdrücken drohte. Mit jedem Wort wurde sie trauriger.

Als alle Tränen geweint waren, richtete sich Fabienne wieder auf. Sie hauchte einen Handkuss in Richtung Grabstein und flüsterte zum Abschied: „Ich hab euch lieb!" Dann ging sie den Weg zurück zum gusseisernen Tor.

Von weitem erkannte sie Benjamino, der dort an den Pfosten gelehnt stand. Ob er auf sie wartete? Fabienne versuchte zu lächeln.

„Ich hab mir gedacht, dass ich dich hier finde. Raik geht auch immer her, wenn ihm zu viel im Kopf rumgeht."

Wie selbstverständlich umarmte Benjamino Fabienne innig und hauchte ihr einen Kuss auf jede Wange.

„Komm, ich lad dich zum Essen ein. Ich kenn da ein echt tolles Restaurant."

Fabienne stocherte lustlos in ihrem Salat. Seit Tagen hatte sie keinen wirklichen Appetit.

„Woran denkst du gerade?"

Unsanft holte Benjamino mit seiner Frage Fabienne in die Wirklichkeit zurück.

„Ach, an dies und jenes. Aber hauptsächlich an Raik. Schön ist es hier. Mir gefällt ein so altertümliches Ambiente."

„Themawechsel zählt nicht. Jedenfalls noch nicht. Bitte erzähl mir, was dich bedrückt."

„Was soll mich schon bedrücken?"

Benjamino zog die Augenbraue hoch.

„Denkst du, ich weiß nicht, dass du vorhin auf dem Friedhof geweint hast? Und nun sehe ich, wie unliebsam du mit diesem unschuldigen Salat umgehst. Das zeigt mir, dass du Kummer hast. Ich werde nicht umsonst *Benjamino, der Frauenversteher* genannt."

Er zwinkerte Fabienne zu, die wegen seiner Worte lächeln musste.

„So gefällst du mir viel besser. Und so siehst du auch eher wie die Fabienne aus Raiks Beschreibungen aus."

„Ich hörte Raik wird Vater?"

Benjamino nickte verdutzt.

„Nur deshalb hat Raik Trish geheiratet."

„Sie wird das Kind verlieren."

„Wovon redest du?"

Nun verstand Benjamino gar nichts mehr.

Fabienne seufzte und berichtete dann, was sie auf der Damentoilette gehört hatte.

„Diese kleine miese … Aaaaaaaaaaarrrrr! Und was sollen wir nun tun?"

Nicht eine Sekunde zweifelte Benjamino an der Wahrheit ihrer Worte und darüber war Fabienne mehr als froh.

„Wenn ich das nur wüsste! Seit Tagen denke ich darüber nach, aber ich weiß es einfach nicht."

„Gemeinsam wird uns etwas einfallen."

Zur Aufmunterung legte Benjamino seine Hände auf Fabiennes Schultern. Diese zuckte vor Schmerz zusammen.

„Mensch, Kindchen, du bist ja total verspannt. Kein Wunder bei dem ganzen Stress."

Benjamino zog seine Brieftasche hervor und durchsuchte es.

„Ah, hier."

Er hielt ihr eine Visitenkarte entgegen.

„Ruf da an und lass dir einen Termin bei Philip geben. Aber nur bei Philip. Ich schwöre dir, dieser Mann hat magische Hände."

Benjamino zwinkerte ihr zu. Dankend nahm Fabienne das kleine Kärtchen entgegen und versprach, sich um einen Termin zu kümmern. Dann gab ihr Benjamino noch eine Karte.

„Und das ist meine Nummer. Ruf an, wann immer dir danach ist."

Später im Hotelzimmer ließ sich Fabienne auf ihr Bett fallen. Die letzten Stunden wirbelten in ihrem Kopf herum. Sie hoffte so sehr, dass Benjamino es schaffen würde, Raik das ganze Leid zu ersparen.

Ihre Knochen und Muskeln schmerzten. Vielleicht sollte sie wirklich diesen Philip anrufen. Schaden konnte es ja nicht. Sie drehte die Visitenkarte in ihrer Hand hin und her und griff dann zum Telefon.

Besetzt. War ja klar.

Beim zweiten Versuch sprang der Anrufbeantworter an. Fabienne legte genervt auf. Nein, mit einer Maschine wollte sie nicht reden.

Minuten später versuchte sie es erneut. Diesmal meldete sich eine Männerstimme mit einem freundlichen *Hallo*.

„Hi, hier ist Fabienne Kaprys und ich rufe an wegen einem Termin für eine Massage."

„Okay, Moment, ich schau mal. Waren Sie schon einmal bei uns?"

„Nein", antwortete Fabienne. „Aber mir wurde Philip empfohlen. Also möchte ich nur bei ihm einen Termin. Ähm, bitte, natürlich!"

Am anderen Ende der Leitung hörte sie ein raues Lachen.

„Einen Termin bei mir also. Was brauchen Sie? Einen zwanzig- oder fünfzig Minuten-Termin?"

Fabienne spürte, wie die Hitze in ihr aufstieg. Wie gut, dass ihr Telefonpartner nicht sehen konnte, dass sie rot wurde.

„Fünfzig."

„ Hmm, mal schauen. Normal ist mein Terminplan immer recht voll."

Fabienne hörte das Klicken der Computermaus und hielt unbewusst die Luft an.

„Ach, na, das nenn ich Glück! Ich habe morgen um fünfzehn Uhr Zeit oder am nächsten Donnerstag um siebzehn Uhr."

„Morgen wär prima."

„Okay. Hab ich notiert. Dann morgen um fünfzehn Uhr."

„Super, danke! Dann bis morgen. Bye."

Mit diesen Worten legte Fabienne auf.

In der Nacht fand Fabienne kaum Schlaf. Immer wieder spukte das Gespräch mit Benjamino durch ihren Kopf. Sie hatte noch so viele Fragen an ihn. Vielleicht sollte sie ihn um ein erneutes Treffen bitten. Und dann beim Plaudern, so ganz nebenbei, dies und jenes fragen. Aber erst hatte sie den Termin bei Philip.

Fabienne stieg die Stufen zur Physiotherapiepraxis nach oben und öffnete die Tür. An der Anmeldung saß eine gestresst wirkende Dame mit blonden kurzen Haaren. Sie schaute über ihren Brillenrand.

„Was kann ich für Sie tun?"

„Ähm, Kaprys. Ich habe um fünfzehn Uhr einen Termin."

Die Frau tippte auf ihrem Computer.

„Ah, da hab ich Sie. Setzen Sie sich noch einen Moment. Philip wird gleich bei Ihnen sein."

Dankend lächelte Fabienne sie an und setzte sich dann auf einen freien Stuhl.

Pünktlich fünfzehn Uhr kam ein Mann aus einen der hinteren Behandlungsräume. Er desinfizierte seine Hände an einem der Spender und kam dann auf Fabienne zu.

„Frau Kaprys?"

Fabienne nickte. Noch nie hatte sie so wunderschöne braune Augen gesehen. Verlegen blickte sie zu Boden.

„Schön! Ich bin Philip. Ich habe in der Sechs schon mal alles gerichtet. Gehen Sie doch bitte schon mal vor und machen Sie es sich bequem. Ich bin dann gleich bei Ihnen."

Ratlos stand Fabienne auf und blickte sich um.

„Den Gang hinunter. Und dann links."

Philip lächelte sie an.

Fabienne ging den beschriebenen Weg und öffnete die Tür zum Massagezimmer. Die Beleuchtung war schummrig. Fabienne trat ein und schaute sich um. Alles um sie herum wirkte wie unter einem Zauber. Ja fast romantisch. Es roch süßlich und die fünf brennenden Teelichter auf dem Regal an der Wand flackerten einladend. Leise Musikklänge einer Panflöte durchfluteten den Raum.

Unschlüssig blieb Fabienne mitten im Raum stehen. War sie hier wirklich richtig? Ein leises Klopfen holte sie aus ihren Gedanken zurück.

Philip trat ein und schien Fabiennes Unmut zu spüren.

„Wir halten die Atmosphäre hier gern gemütlich. Je mehr sich die Leute wohlfühlen, desto besser können sie sich entspannen. Wenn Sie das allerdings nicht möchten, kann ich auch gern das Licht einschalten oder die Musik ausstellen.

Alles wie Sie es wünschen. Denn wie gesagt: *Sie* sollen sich hier wohlfühlen und entspannen."

„Nein, nein! Ist schon ok so. Ich hab mich nur gewundert."

Fabienne streifte ihr Shirt über den Kopf und legte sich dann bäuchlings auf die Liege. Das Handtuch unter ihr war angenehm weich.

„Wo ist denn der Hauptschmerz?"

Er tippte ein Pedal an und die Liege fuhr nach oben.

„Schultern. Und Nacken. Und Rücken. Ja, irgendwie alles. Die letzte Zeit war sehr stressig."

Philip beugte sich über Fabienne und legte seine warmen Hände auf ihre Schultern. Die Berührung ließ Fabienne zusammenzucken.

„Keine Angst, ich komme in Frieden."

Auch wenn Fabienne Philip nicht sehen konnte, wusste sie, dass er lächelte.

„Oh Mann, Sie sind ja total verspannt. Ich werde etwas Öl nehmen. Dann wird das Ganze angenehmer für Sie."

„Okay."

Fabienne war gerade an einem Punkt angekommen, wo ihre Kraft sie verließ. Sie legte ihren Kopf auf die Liege und schloss die Augen.

Philip glitt mit seinen Händen über die schmerzenden Stellen und mit kreisenden, geschickten Bewegungen löste er die Verspannungen eine nach der anderen. Benjamino hatte wirklich Recht gehabt: Philip hatte magische Hände. Und nicht nur das, seine sanfte Stimme und seine Worte wirkten auf Fabienne beruhigend und heilend zugleich.

Fabienne spürte wie sich nach und nach nicht nur die Verspannungen lösten, sondern auch die Anspannung der letzten Tage verpufften.

„Verraten Sie mir, wer mich Ihnen empfohlen hat?"

„Das war Benjamino."

„Benjamino?"

„Ja, aber ich weiß gar nicht, wie er mit Familiennamen heißt."

„Schlanker großer Typ, blonde Haare, Ziegenbärtchen?"

„Ja, genau! Das ist der Benjamino, den ich meinte."

Philip lachte herzlich, ließ aber sonst Benjamino unkommentiert.

Die Zeit verging wie im Flug. Fabienne erzählte einiges von ihrem Leben in Amerika und Philip berichtete von seinem letzten Familienurlaub.

Als Fabienne die Physiotherapiepraxis wieder verließ, fühlte sie sich wie neu geboren. Sie war gestärkt und voller Tatendrang: Bis zu ihrem Rückflug würde sie Klarheit in den Nebel der Vergangenheit bringen.

4.

Fabienne zog ihre Schuhe aus und ließ sich die nackten Füße vom Meerwasser umspülen, während sich der Sand zwischen ihre Zehen schob. Die Luft schmeckte salzig und Fabienne genoss es, wie der Wind durch ihre Haare wuschelte.

Sie blieb stehen und betrachtete das ruhige Meer. Am Horizont versank die glühendrote Sonne gerade im Wasser. Fasziniert blickte Fabienne dem Farbspiel zu. Sie konnte sich noch nie satt sehen an diesem Bild der Schönheit, das die Natur stets bot.

Einen Moment verweilte sie in dem Zustand, sich ganz eins mit der Natur zu fühlen, und setzte dann ihren Weg den Sandstrand entlang fort. Vereinzelt flogen Wortfetzen von den wenigen, noch übrig gebliebenen Strandbesuchern zu ihr, die sie nur noch schemenhaft erahnen konnte.

Erinnerungen an einst vergangene Tage schwirrten durch Fabiennes Kopf. Hier hatte Raik ihr die kleine pastellfarbene Muschel geschenkt, die seit mehr als zwanzig Jahren in ihrem Schmuckkästchen lag. Das war in jener Nacht, als er sie das erste Mal geküsst hatte.

Ein leichter Hauch von Schmetterlingen huschte durch Fabiennes Bauch, als sie an diesen Kuss dachte.

Fabienne setzte sich abseits vom Wasser in den weißen Sand. Ja, hier hatte sie so viel Freude und auch so viel Leid erfahren. Sie schloss die Augen und dachte an jene Strandbesuche zurück, bei denen nicht nur Raik mit ihr hier gewesen war, sondern auch Kira und Aden.

Eine Träne schlängelte sich über Fabiennes Wange.

Kira und Aden.

Wie sehr sie die zwei auch noch nach all den vielen Jahren vermisste.

Seufzend wischte Fabienne mit ihren Fingerspitzen über ihre Wange. Würde dieser Schmerz je enden? Noch während diese Frage durch ihren Kopf schwebte, erblickte Fabienne die dunkle Gestalt, die auf sie zukam.

„Ich hatte gehofft, dass ich dich hier antreffe."

Fabienne hob ihre Hand zur Begrüßung und lächelte Benjamino sanft zu. Ein wohliges Gefühl umfing sie. Und auch wenn sie Benjamino erst vor ein paar Tagen kennen gelernt hatte, war alles so vertraut mit ihm und das brachte Fabienne die nötige Ruhe in ihre hektische Gedankenwelt.

Benjamino ließ sich ächzend neben Fabienne in den Sand plumpsen. Fabienne sah ihm belustigt dabei zu. In seinem dunkelblauen Nadelstreifenanzug und den schicken schwarzen Lederschuhen wirkte Benjamino eindeutig deplatziert hier am Strand.

„Wie kommt's, dass du mich gesucht hast?"

„Sehnsucht!"

Benjamino zwinkerte Fabienne verschwörerisch zu und beide begannen augenblicklich zu lachen. Dann herrschte Stille und nur das Rauschen des Meeres war zu hören.

Fabienne blickte aufs dunkle Wasser und seufzte.

„Woran denkst du grad?"

Mit dieser Frage holte Benjamino Fabienne gedanklich in die Gegenwart zurück. Sie blickte ihn an. Ihre Augen sahen traurig aus.

„Ich fragte mich grad, ob du womöglich was von Raik gehört hast."

„Leider nein. Aber mir ist zu Ohren gekommen, dass er in einer Woche wieder da sein wird. Mila meinte, die Hochzeitsreise sollte einen Monat andauern. Mir gegenüber hat er das nie erwähnt, aber er wird seine Gründe gehabt haben."

Fabienne nickte und legte dann den Kopf schräg. Dabei sah sie Benjamino direkt in die Augen.

„Und was ist dann? Ich meine, was ist, wenn er wieder da ist?"

„Dann reden wir beide mit ihm!"

„So einfach?"

„Ja, so einfach. Was nutzt es, sich jetzt schon verrückt zu machen? Ich mach das jedenfalls nicht. Ich lass es einfach auf mich zukommen und dann ergibt sich schon alles."

Benjaminos Worte beruhigten Fabienne. Tief in ihrem Inneren wusste sie, dass er Recht hatte.

„Und wer ist Mila?"

„Mila? Ach weißt du, sie ist so ein Mädchen, die in derselben Boutique arbeitet wie Trish. Sie ist sehr nett. Und da ich ein paarmal mit ihr aus war, hab ich sie angerufen und ganz nebenbei gefragt."

Mit unschuldigem Blick zuckte Benjamino mit den Schultern und zwinkerte dann Fabienne zu.

„Und, wie war es bei Philip?"

„Fantastisch! Du hattest wirklich Recht mit den Wunderhänden. Ich bin ernsthaft am Überlegen, ob ich mir noch einen Termin bei ihm geben lasse."

Ein zufriedenes Lächeln huschte über Benjaminos Gesicht.

5.

Aufgeregt lief Fabienne in ihrem Hotelzimmer auf und ab, während sie auf den Anruf von Benjamino wartete.

Sie fühlte sich wie ein Tiger im Käfig und ihre Nerven lagen blank. Heute war der langersehnte Tag: Raik würde endlich aus den Flitterwochen zurückkommen. Fabienne war so schrecklich nervös und obwohl sie es sich selbst immer wieder untersagte, spielte sie verschiedene Dialoge und Szenarien in ihrem Kopf durch.

Das Klingeln des Telefons schrillte durch den Raum und ließ Fabienne zusammenzucken. Mit zittrigen Händen nahm sie den Hörer von der Gabel.

„Kaprys."

Ihre Stimme klang zaghaft.

„Hi, Fabienne! Ich bin`s, Benjamino. Wir treffen uns heut Abend mit Raik im Häfner. Ich hol dich um zwanzig Uhr ab."

Mit diesen Worten legte Benjamino auf und Fabienne überlegte, warum dieser seine Worte geflüstert hatte. Wenn sich die Gelegenheit ergab, würde sie ihn fragen, aber erstmal musste sie eine wichtigere Frage klären: Was sollte sie heute Abend anziehen? Kira hätte bestimmt Rat gewusst. Dieser Gedanke machte Fabienne traurig.

Langsam ging sie zum Kleiderschrank und öffnete die massiven Holztüren. In ihm ordentlich aufgereiht befanden sich all die Kleidungsstücke, die Fabienne für ihre Reise gewählt hatte. Unentschlossen fingerte Fabienne an den Stoffen herum. Was sollte sie nur anziehen? Wenn sie doch nur wüsste, was das *Häfner* war. Am liebsten hätte sie Benjamino angerufen und gefragt, doch sie traute sich nicht.

Ein Kleid wäre sicher eine gute Wahl. Chic und trotzdem nicht zu elegant. Sie schob einen Kleiderbügel nach dem anderen zur Seite, bis sie fand, wonach sie suchte. Fabienne holte das türkisfarbene Sommerkleid hervor. Ja, das würde gehen, entschied sie. Sie hängte das Kleid zurück und legte sich dann aufs Bett. Ihr Herz pochte vor Aufregung, denn Fabienne hatte keine Ahnung, wie sie Raik ihr Wissen mitteilen sollte.

Unter all diesen wirren Gedanken, fiel Fabienne in einen tiefen Schlaf. Sie träumte von Raik. Davon, wie er ihr am Strand eine Strähne hinters Ohr schob und sie dann sanft küsste. Es tat so gut seine Nähe zu spüren, doch dann drehte er sich um und ging fort. Sie rief ihm nach: „Nein, bleib hier! Verlass mich nicht!", doch Raik entfernte sich ohne ein Wort immer mehr. Fabienne wollte ihm folgen, doch ihre Füße steckten im Sand fest.

Fabienne schreckte hoch. Was für ein Traum! Nun pochte ihr Herz noch schneller. Sie legte sich wieder hin und starrte an die Decke. Vielleicht war das Ganze doch ein riesiger Fehler. Sie hätte nie zurückkommen sollen. Irgendwann hätte sie sicher Raik auch vergessen können. Dann hätte sie sich verliebt und wäre glücklich geworden. Aber so war das nie und nimmer mehr möglich, das wusste sie. Nicht, nachdem sie ihn gesehen hatte und die Leidenschaft für sie noch immer in seinen Augen erkannt hatte. Und vor allem nicht, weil sie ja nun wusste, was für ein falsches Spiel diese Trish mit Raik spielte.

Ein kurzer Blick auf die Uhr zeigte Fabienne, dass es fast sieben Uhr abends war. In einer Stunde würde Benjamino sie abholen. Fabienne stand auf und ging ins Badezimmer. Sie streifte ihre Kleider ab und ließ sie achtlos auf den Boden fallen. Dann stellte sie sich unter den warmen Strahl der Dusche und verweilte starr. Es tat so gut, einfach nur dazustehen und die wohlige Wärme des Wassers zu genießen.

Als Fabienne das Bad eingehüllt in Wasserdampf verließ, war ihre Haut leicht gerötet.

Punkt zwanzig Uhr klopfte Benjamino an Fabiennes Tür. Als sie ihm öffnete, pfiff er anerkennend und zwinkerte ihr zu.

„Nervös?"

„Ja, und wie", gab Fabienne ehrlich zurück.

„Sorge dich nicht. Es wird alles gut. Raik ist erfreut, dich noch einmal sehen zu können. Und um den Rest habe ich mich auch schon gekümmert."

„Wie?"

„Das wirst du noch früh genug erfahren, meine Liebe."

Wieder zwinkerte Benjamino und Fabienne durchfuhr ein lang nicht mehr gehabtes Gefühl: Vertrauen. Fabienne schenkte Benjamino ein Lächeln, bevor sie das Restaurant betraten.

Fabienne blickte sich im Raum um. Fast alle Tische waren besetzt. Das Restaurant wirkte alt, aber trotzdem gemütlich. Oder gerade deshalb, entschied Fabienne, sagte aber nichts. Der Kellner, ein kleiner rundlicher Mann, führte die zwei zu einem der hintersten Tische. Er nahm ihre Getränkebestellung auf, zündete die Kerze auf dem Tisch an und eilte wieder davon.

„Hier sind wir oft, wenn wir gutes Essen zu kleinem Preis haben wollen", erklärte Benjamino und schaute sich fast stolz um.

„Ich weiß, was du meinst. In Amerika sind es die Diner. Hatte ich dir eigentlich schon mal erzählt, dass ich in einem gejobbt hatte, um mein Leben anfangs in Boston zu finanzieren?"

Fabienne lächelte wehmütig.

„Nein, bisher nicht. Heimweh?"

Mit einem Seufzen lehnte sich Fabienne zurück und schüttelte den Kopf.

„Nein, eigentlich nicht. Eher im Gegenteil. Ich fühle das erste Mal seit Jahren wieder Heimat. Das hätte ich nie für möglich gehalten."

Sie warteten bereits seit fast zwei Stunden, aber von Raik war weit und breit keine Spur. Fabienne wurde sichtlich nervös. Benjamino ergriff ihre Hand und streichelte sie.

„Oh mein Gott, Kindchen! Du erfrierst ja gleich! Und das mitten im Sommer."

„Das ist nur, weil ich so nervös bin."

Verlegen wollte Fabienne ihre Hand zurückziehen, doch Benjamino hielt sie fest und legte ihre Hand in seine. Mit den Fingerspitzen fuhr er ihre Lebenslinie entlang.

„Kannst du das? Ich meine Handlesen."

Benjamino lachte.

„Nein, aber wenn du willst, sag ich dir trotzdem die Zukunft voraus."

Auch Fabienne lachte. Gerade als sie antworten wollte, ertönte der Nachrichtenton von Benjaminos Handy. Er zog es aus der Tasche und blickte hinauf. Augenblicklich veränderte sich sein Gesichtsausdruck und in seinen Augen zuckte ein böses Funkeln auf.

„Showdown! Sie hat das Kind verloren."

6

Auf dem Weg zum Hotel saß Fabienne ganz still im Auto neben Benjamino. Sie hatte die Knie angezogen und starrte, an den Fingernägel kauend, aus dem Fenster.

Mit Bedacht lenkte Benjamino den Wagen durch die Straßen. Es herrschte Stille und jeder hing seinen eigenen Gedanken nach.

Benjamino parkte und ließ den Motor verstummen.

„Sorge dich nicht. Es wird alles gut."

Beruhigend tätschelte er ihren Unterarm und Fabienne zuckte vor Schreck zusammen.

„Wie soll alles gut werden? Wir können doch nichts beweisen!"

Die Panik stand Fabienne buchstäblich ins Gesicht geschrieben und es schlängelte sich eine Träne über ihre Wange, die sie sofort wegwischte.

„Doch! Ich habe ein Einschreiben an Raiks Büroadresse geschickt. Ich dachte mir schon, dass so etwas kommt."

„Du hast was?"

Fabienne schaute Benjamino überrascht an.

„Ein Einschreiben geschickt. Raik wird die Wahrheit erfahren. Zwar später als erhofft, aber nun ja, man kann nicht alles haben."

Benjamino lachte. Und obwohl sein Lachen echt klang, konnte Fabienne die Wut erkennen und keine Fröhlichkeit. Sie stieg aus dem Wagen und schaute Benjamino fest in die Augen.

„Danke!"

„Nein, nicht dafür."

Benjamino zwinkerte Fabienne noch einmal zu und fuhr dann mit quietschenden Reifen davon.

Während Fabienne in ihr Hotelzimmer ging, machte sich Benjamino auf den Weg zu Raik ins Krankenhaus. Er wollte für seinen Freund jetzt da sein, war sich aber nicht sicher, ob er Raik etwas sagen sollte oder nicht. Genauso wie er nicht wusste, ob er Trish nicht einfach den Hals umdrehen sollte.

Immer mehr Wut stieg in ihm hoch und als er am Hospital ankam, befürchtete er fast, dass man weißen Schaum an seinem Mund erkennen konnte.

Er rieb sich mit beiden Händen übers Gesicht.

Tief durchatmend richtete er sich auf und ging so ruhig wie möglich den Flur entlang. Unterwegs fragte er zwei Krankenschwestern nach dem richtigen Weg und traf Raik in sich zusammengesunken im Wartezimmer an.

„Hey, Mann! Alles klar?"

Benjamino klopfte Raik auf die Schulter.

„Sie wird grad untersucht."

Es brach Benjamino fast das Herz, seinen Freund so leiden zu sehen. Was sollte er jetzt nur antworten?

Gerade als Benjamino zu einer Antwort ansetzte, stand ein junger Mann im weißen Kittel in der Tür.

„Herr Fernandes? Ähm, Sie können jetzt zu ihrer Frau."

Raik sprang sogleich von seinem Stuhl auf.

„Doktor! Wie geht es ihr? Es ist doch alles in Ordnung, o-der?"

Benjamino konnte die Unbehaglichkeit des jungen Arztes sofort erkennen und augenblicklich empfand er tiefes Mit-leid für ihn.

„Nun, am besten reden Sie selbst mit ihrer Frau. Sie ist in Zimmer *408*."

Mit diesen Worten eilte er davon.

Verdutzt schaute Raik dem Arzt nach und ging dann zu dem genannten Zimmer. Raik klopfte und trat ein.

„Oh, Schatz, zum Glück bist du da! Ich habe wirklich das Baby verloren. Es ist so schrecklich! Wie konnte das nur geschehen?"

Trish weinte und schluchzte. Eine wirklich Hollywood reife Leistung, befand Benjamino. Hätte Benjamino es nicht besser gewusst, hätte er ihr ihre Tränen sogar geglaubt. Innerlich dankte er Gott in einem kurzen Gebet, dass Fabienne Trishs Pläne mit angehört hatte und, was noch viel wichtiger war, dass Fabienne ihm alles anvertraut hatte.

Raik nahm seine Frau in den Arm und Benjamino hatte wirklich Mühe, nicht ganz laut zu schreien.

Es klopfte und eine Krankenschwester schaute zur Tür herein. Sie grüßte und gab Raik ein Zeichen ihr zu folgen. Als die Tür hinter Raik ins Schloss fiel, ging Benjamino zu Trish ans Bett. Er beugte sich zu ihr und flüsterte: „Wie hast du das nur gemacht? Den Arzt bestochen? Oder den armen Kerl an seine Schweigepflicht erinnert?"

Mit diesen Worten verließ Benjamino das Krankenzimmer und freute sich über die Tatsache, wie entgeistert Trish ihn angesehen hatte.

Auf dem Flur traf er Raik.

„Du gehst?"

„Ja. Raik, du weißt, ich bin immer für dich da! Ruf mich an, wann immer dir danach ist. Aber ich kann dieses Schauspiel einfach nicht länger ertragen."

„Welches Schauspiel?"

„Glaubst du wirklich, Trish hat gerade ein Baby verloren?"

Es platzte aus Benjamino unabsichtlich heraus und augenblicklich bereute dieser seine Worte, als er in die erstarrten Augen seines Freundes blickte.

„Raik, hör zu, es tut mir Leid!"

Doch Raik ließ sich nun nicht mehr beruhigen. Die Wut stand ihm ins Gesicht geschrieben.

„Wovon zum Henker redest du da? So was würde sie mir NIE antun!"

„Nein, wirklich nicht? Pass auf, Raik, ich will nicht mit dir streiten. Ich weiß, du hast viel durchgemacht. Und ich hätte dir gern das alles hier erspart. Aber…"

„Dann hör auf mit diesem Scheiß!"

Benjamino bereute all seine Worte, aber nun war es zu spät, er konnte sie nicht mehr zurücknehmen.

„Du sagst, meine Frau belügt mich? Ich bin sehr enttäuscht von dir! Wir haben gerade unser Baby verloren und du nutzt tatsächlich die Gunst der Stunde, um Trish bei mir schlecht zu machen? Ich dachte wirklich, du wärst mein Freund."

Mit diesen Worten bahnte sich Raik seinen Weg an Benjamino vorbei. Dieser hielt Raik am Arm fest. Auch Benjamino war jetzt sichtlich wütend.

„Du glaubst mir nicht? Fein! Dann frag sie doch. Ich kann all meine Worte beweisen."

Dann ließ er Raik wieder los. Und dieser stolperte davon.

Die Gedanken in Raiks Kopf überschlugen sich. Das konnte doch alles nicht wahr sein. Benjamino hatte ihn noch nie belogen! Aber das Trish etwas so Gemeines tun würde, wollte und konnte er einfach nicht glauben. Und von was für einem Beweis hatte Benjamino da gesprochen?

Raik beschloss für sich, erstmal Trish nichts von dem Streit mit Benjamino zu erzählen. Er wollte sie nicht unnötig aufregen.

Trotzdem spukte immer wieder ein Gedanke durch Raiks Hirn: Sagte Benjamino eventuell doch die Wahrheit?

7

Die nächsten Tage waren die Hölle für Raik. Wann immer er bei seiner Frau im Krankenhaus war, trauerte er mit ihr zusammen um ihr gemeinsames Kind. War er aber für sich, brachten ihn seine Zweifel und Gedanken fast um den Verstand.

Montagmorgen betrat Raik sein Büro. Die Strapazen der letzten Tage waren ihm deutlich anzusehen. Er ließ sich auf seinen Stuhl plumpsen und betrachtete die Stapel Papiere auf seinem Schreibtisch. Konnte denn niemand hier in dieser Firma arbeiten? Warum blieb immer alles an ihm hängen? Raik war wütend, unterdrückte aber den Impuls, alles mit der Hand vom Schreibtisch zu fegen.

Ein zaghaftes Klopfen holte ihn in die Wirklichkeit zurück.

„Was?", fragte er viel zu schroff und bedauerte seinen Ton, als er seine Sekretärin betrachtete, die wie ein scheues Reh im Scheinwerferlicht dastand.

Raik richtete sich auf und lächelte matt.

„Hallo, Iris. Gab es irgendetwas während meiner Abwesenheit, was nennenswert wäre?"

Iris schüttelte verneinend den Kopf und überreichte dann ihrem Chef einen Umschlag.

„Dieser hier kam vor zwei Wochen per Einschreiben. Scheint sehr wichtig zu sein. Von Herrn Litano. Steht persönlich drauf."

Mit diesen Worten verließ Iris eilig das Büro.

Raik schaute den Umschlag ehrfürchtig an. Das war also der Beweis, von dem Benjamino gesprochen hatte. Jedenfalls vermutete das Raik. Er griff nach dem schweren, bronzefarbenen Brieföffner und ließ diesen durch das Papier gleiten. Dann zog er das Blatt heraus und faltete es auseinander.

Hi Raik!

Ich hoffe inständig, dass dich dieser Brief erst nach unserem Gespräch erreicht und du quasi schon weißt, was du hier lesen wirst. Vielleicht lachst du ja jetzt auch oder denkst dir deine eigenen Rachepläne aus. Doch ich habe so ein seltsames Gefühl, dass wir es nicht rechtzeitig schaffen, dir alles zu erzählen. Deshalb schreibe ich dir diesen Brief, um dir nachhaltig die Wahrheit zu beweisen.

Fabienne hat alles gehört!

Es war am Tag deiner Hochzeit. Da hat Trish ihren Freundinnen erzählt, dass sie gar nicht schwanger ist und dass sie alles nur erfunden hat, um dich zu einer schnellen Hochzeit zu bewegen. Trish sagte auch, dass sie dir eine Fehlgeburt vorspielen wird. Und was Fabienne auch gehört hat, dass Trish gar keine Kinder bekommen kann.

Wir müssen darüber unbedingt reden, Mann!

Raik, ich hoffe echt, dass du das alles jetzt nicht durch meinen Brief erfahren musstest. Ruf mich an, oder lass dir alles nochmal von Fabienne berichten. Sie wohnt im Greenton-Hotel, Zimmer 178. Du weißt, ich würde alles tun, um dich zu schützen, aber manchmal spielt einem das Leben übel mit. Lass bitte nicht zu, dass sich ein Schatten über unsere Freundschaft legt.

Benjamino

Raik las den Brief noch ein zweites Mal. Seine Gedanken kreisten wirr durch seinen Kopf, ohne einen wirklichen Sinn zu ergeben. Benjamino hatte also neulich Abend im Krankenhaus die Wahrheit gesprochen. Und was hatte er gemacht? All die schlimmen Beleidigungen, die er Benjamino an den Kopf geworfen hatte, kamen ihm wieder in den Sinn. Er war Benjamino eine Entschuldigung schuldig, das wusste Raik, aber zuerst wollte er noch mit Fabienne reden.

Ungeachtet der vielen unerledigten Arbeit auf seinem Schreibtisch verließ Raik das Büro und machte sich auf den Weg zu Fabienne.

Vor dem Hotel blieb Raik stehen und schaute in den Himmel, wo graue Wolken sich zusammenzogen. Sicher würde es bald anfangen zu regnen. Er atmete tief ein und betrat dann die Lobby des Hotels.

Mit kurzen Schritten ging er den Flur entlang und klopfte zaghaft an Fabiennes Zimmertür.

Er wartete und klopfte dann erneut. Diesmal etwas fester. Wahrscheinlich war Fabienne gar nicht da. Hatte er wirklich erwartet, dass sie ihre ganze Zeit hier im Hotel verbrachte und auf seinen Besuch wartete? Betrübt setzte er zum Gehen an, als er ein leises Quietschen hinter sich vernahm. Als er sich umdrehte, erblickte er Fabienne, die ihn mit scheuen Augen betrachtete.

„Verzeih, ich habe dein Klopfen nicht gleich gehört."

Kopfschüttelnd kam Raik auf sie zu und Fabienne ließ ihn in ihr Zimmer.

Raik blickte Fabienne an. Er konnte sich einfach nicht an ihr satt sehen und in ihm entfachte sich dieselbe Leidenschaft, die er schon vor Jahren für sie empfunden hatte.

Mutig trat er einen Schritt auf sie zu, legte seine Hände um ihre Hüften und zog sie an sich. Fabienne erkannte die Gier in seinen Augen und noch bevor sie etwas sagen konnte, umschloss er mit seinen Lippen die ihrigen. Mit jeder Sekunde des Kusses wuchs sein Verlangen und er konnte seine Finger nicht von ihr lassen. Er wollte sie spüren und voll und ganz auskosten.

Fabienne tat es so unendlich gut, sich so begehrt zu fühlen. Es schien ihr, als hätte es all die Jahre der Trennung gar nicht gegeben. Raik wusste noch immer, wie er ihr den Verstand rauben konnte.

Raik bemühte sich, seine Leidenschaft in Zaum zu halten. Auch wenn es ihm schwer viel. Er hätte alles dafür gegeben, dass diese Zeit mit Fabienne nie enden würde.

Sanft streichelte Raik Fabiennes Haar. Die Laken um sie herum waren zerwühlt. Fabiennes Gesicht glühte. Lächelnd drehte sich Fabienne zu Raik und schaute ihn an. Dann wurde ihr Blick wehmütig.

„Warum nur hast du dich nie mehr bei mir gemeldet?"

Raik stemmte sich auf und blickte verwirrt.

„Aber du warst doch einfach so verschwunden."

„Ich?"

Nun setzte sich auch Fabienne auf. Sie zitterte.

„Ich habe dir geschrieben. Dutzende Briefe. Immer wieder. Aber nie kam eine Antwort von dir."

„Nein, ich schwör dir, ich habe nur einen einzigen erhalten. Und als ich dir dann schrieb, kamen meine Briefe zurück und unter der Telefonnummer konnte ich dich auch nicht mehr erreichen. Ich war sogar mit Benjamino einen ganzen Sommer in Singapur, um dich zu suchen, aber wir konnten dich einfach nirgends finden."

„Aber in Singapur haben wir doch nur zwei Monate gelebt. Mein Vater hat sich dann in die Staaten versetzen lassen. Erst Chicago, dann New York und später Boston. Wir sind ständig umgezogen. Aber ich habe dir das alles in meinen Briefen geschrieben. Im ersten Jahr habe ich dir fast wöchentlich geschrieben. Später nur noch sporadisch. Doch es kam nie eine Antwort von dir und auch ich konnte dich telefonisch nicht mehr erreichen. Ich habe nie verstanden warum. Ich hatte Angst vor dem Grund, dachte, dir sei vielleicht etwas zugestoßen. Deshalb bin ich nie zurückgekommen."

Fabienne senkte den Kopf und weinte aus Verzweiflung.

„Pst!"

Raik nahm Fabienne in seine Arme.

„Ich verstehe das Ganze genauso wenig wie du, aber ich werde eine Erklärung finden, das verspreche ich dir."

Raiks Worte klangen entschlossen.

Fabienne nickte. Ja, sie war sich sicher, dass er das tun würde. Nur was war dann? Würden sie beide die Wahrheit verkraften? Und vor allem, was würde es für sie bedeuten?

All diese Fragen spukten nun durch Fabiennes Kopf, aber sie sprach sie nicht laut aus. Vielleicht hatte ja Benjamino Recht, dass einige Probleme die Zeit lösten und sich im Vorfeld Gedanken zu machen selten was brachte.

Seufzend küsste Fabienne Raik und entfachte damit seine Leidenschaft neu.

8.

Eine leise Melodie holte Raik aus seinem Traum. Vorsichtig zog er seinen Arm unter Fabiennes Kopf hervor und stand aus dem Bett auf. Draußen war es bereits Nacht. Er blickte sich in dem dunklen Hotelzimmer um. Seine Hose lag auf dem Zimmerboden. Raik durchsuchte die Taschen nach seinem Handy. Gerade als er es fand, klingelte es erneut. Trish! Nein, er wollte und konnte jetzt nicht mit ihr reden.

Er drückte eine Taste auf seinem Telefon und schaltete es aus. Dann steckte er es zurück in seine Hosentasche und glitt zurück ins Bett unter Fabiennes Decke.

„Alles okay?"

„Ja, schlaf weiter."

Zärtlich küsste Raik Fabiennes Nasenspitze und blickte sie liebevoll an. Durch die Dunkelheit konnte er nur ihre Umrisse ausmachen, aber er wusste genau, wie sie jetzt aussah in diesem Moment: verschlafen und trotzdem sexy.

Zarte Sonnenstrahlen weckten Raik am nächsten Morgen. Er streckte sich und fühlte neben sich das leere Bett. Langsam richtete er sich auf und blickte sich um. Aus dem Badezimmer vernahm er Wasserrauschen und leises Summen. Lächelnd ließ sich Raik wieder in die Kissen sinken und blickte an die Decke. Genauso stellte sich Raik den Himmel vor. Fast hätte er vergessen, dass es knapp zwanzig Jahre Hölle gegeben hatte. Zwanzig Jahre, in denen nicht ein Tag vergangen war, an dem er nicht an Fabienne gedacht und sie vermisst hatte.

Fabienne stellte das Wasser aus und ließ ihr Summen verstummen. Leise öffnete sie die Badezimmertür und schlich zum Bett zurück. Raik stellte sich schlafend und als sich Fabienne zu ihm beugte, zog er sie auf sich. Erschrocken jauchzte Fabienne auf.

Raik lachte und küsste dann Fabienne leidenschaftlich. Abermals entfachte das Feuer zwischen den beiden.

„Du bringst mich noch um den Verstand."

Erschöpft ließ sich Raik auf das Kissen fallen.

„Ich weiß."

Fabienne lächelte verführerisch.

„Musst du wirklich schon weg?"

Enttäuscht zog Fabienne die Decke über sich.

„Ja, ich habe etwas Wichtiges zu erledigen. Aber danach komme ich gleich wieder zu dir."

Mit diesen Worten hauchte Raik Fabienne einen Handkuss zu und ging aus dem Zimmer. Nachdem die Tür mit einem leisen Klacken ins Schloss gefallen war, herrschte Stille.

Raik fuhr mit ernstem Blick ins Krankenhaus. Er war entschlossen, Trish zur Rede zu stellen. Gedanklich legte er sich seine Worte zurecht.

Vor dem Zimmer *408* stoppte er. Er atmete tief ein und wieder aus. Dann betrat er das Krankenzimmer seiner Frau. Trish saß voll gestylt in ihrem Bett und unterhielt sich angeregt mit ihrer Freundin Eva. Allein dieser Anblick widerte Raik unbeschreibbar an. Sie bemerkten ihn nicht einmal, dass er in der Tür stand und sie beobachtete, so vertieft waren die zwei Frauen in ihr Gespräch, und als Raik sich räusperte, zuckten sie zusammen.

„Liebling! Da bist du ja! Ich habe mich schon um dich gesorgt. Wo…"

„Eva! Würdest du uns bitte allein lassen?", unterbrach Raik Trishs Frage und blickte Eva mit Nachdruck an, die sofort verstand, dass es besser für sie war, wenn sie jetzt auf der Stelle ging.

„Raik! Was soll das? Was denkst du dir dabei?"

„Was denkst DU dir dabei?"

Mit drohendem Finger machte Raik einen Schritt auf Trish zu.

„Hör auf in diesem Ton mit mir zu reden! Hörst du? Wo kommst du überhaupt jetzt erst her?"

„Von Fabienne!"

Raik genoss diesen Moment, in dem Trish mit ihrer Fassung rang.

„Ich verstehe. Was denkst du dir eigentlich? Ich liege hier, nachdem…"

„Hör auf!"

Wieder unterbrach Raik Trish, deren Stimme hysterisch kreischte. Auch Raik hatte Mühe, seine Wut in Zaum zu halten.

„Hör endlich auf! Ich weiß Bescheid! Von all deinen Lügen weiß ich und du widerst mich wirklich an. Noch nie, wirklich noch nie in meinem ganzen Leben, hat mich jemand so verletzt, wie du es getan hast mit deinen Lügen."

Mit diesen Worten wandte sich Raik zum Gehen, doch Trish eilte ihm nach. Sie stellte sich vor ihn in den Flur und versperrte ihm den Weg.

„Raik bitte, lass mich erklären."

„Da gibt es nichts zu erklären."

Flehend hob Trish die Hände. Tränen schlängelten sich über ihre Wangen.

„Na schön. Du hast fünf Minuten", sagte er mit kalt klingender Stimme und ging in das Krankenzimmer zurück. Er nahm auf dem Stuhl neben ihrem Bett Platz, Trish setzte sich auf die Bettkante.

„Ich weiß gar nicht, wo ich anfangen soll."

„Noch vier dreißig. Deine Zeit läuft."

„Sei doch nicht so hart zu mir. Aber wahrscheinlich hast du Recht und ich habe es gar nicht anders verdient."

Trish weinte.

„Ich weiß, ich habe dir wehgetan, und für meine Lügen gibt es keine Entschuldigung. Doch glaube mir, ich würde alles tun, um es wieder rückgängig zu machen. Ich wollte dich auch nicht belügen. Das musst du mir glauben. Es ist… es ist einfach passiert. Ich wusste einfach nicht, wie ich es dir sagen sollte. Am Anfang dachte ich ja wirklich, ich sei schwanger und du hattest dich doch auch so gefreut. Du warst so glücklich. Und als ich dann bemerkte, dass ich es gar nicht bin, hatte ich gehofft, es schnell doch noch zu werden. Aber es passierte einfach nicht. Und als mir dann der Arzt sagte, ich könne gar keine Kinder bekommen, bekam ich Panik. Ich hatte einfach Angst dich zu verlieren, Angst, dass du mich gar nicht mehr willst, wenn du die Wahrheit erfährst. Und so kam jeden Tag eine kleine Unwahrheit dazu und ich wusste einfach nicht, wie ich da wieder rauskommen sollte, ohne dich zu verlieren. Und da kam mir die Idee der Fehlgeburt. Die Ärzte haben ja Schweigepflicht. Raik, verstehst du nicht, ich war so schrecklich verzweifelt."

Die letzten Worte von Trish waren durch ihr Schluchzen kaum verständlich.

Raik war ganz ruhig geworden. Er starrte geradeaus und nickte dann.

„Ich muss wirklich ein Monster sein, wenn du solche Angst hast, mir die Wahrheit zu sagen."

„Nein, so ist es nicht!"

„Hör zu, Trish, ich werde jetzt gehen. Ich muss über das alles nachdenken, denn ich will ehrlich sein, ich weiß einfach nicht mehr, was ich dir noch glauben kann. Noch vor ein paar Tagen hätte ich meine Hand für dich ins Feuer gelegt und habe sogar einen Streit mit Benjamino vom Zaun gebrochen."

Bei dem Namen *Benjamino* funkelten Trishs Augen böse. Er war es also gewesen, der sie auffliegen lassen hatte.

„Ich versichere dir, dass ich dir jetzt die Wahrheit gesagt habe!"

„Das mag sein, doch ich weiß einfach nicht mehr, ob deine Tränen echt sind oder du mir wieder etwas vorspielst. Bitte ruf mich nicht an. Ich brauche Zeit. Ich werde mich bei dir melden, wenn ich so weit bin."

9

Kurze Zeit später erreichte Raik die Anwaltskanzlei, in der Benjamino Juniorpartner war. Er zwinkerte Benjaminos persönlicher Assistentin Sally zu und lehnte sich so lässig wie möglich an die Empfangstheke.

„Ist er da?"

Raik wies mit seinem Kopf auf Benjaminos geschlossene Bürotür.

„Herr Fernandes! Wie nett Sie wieder zu sehen. Sind Sie aus den Flitterwochen also wieder zurück. Es war sicher traumhaft gewesen in der Karibik."

Ein tiefer Stich durchbohrte Raiks Herz, doch er ließ sich nichts anmerken und lächelte nur, ohne zu antworten.

„Herr Litano ist gerade in einer Mandantenberatung, aber es wird sicher nicht mehr lang dauern. Setzen Sie sich doch bitte."

Sally zeigte auf ein weißes Ledersofa.

„Kaffee oder Tee?"

„Ein Wasser wäre perfekt."

Raik setzte sich und sah, wie Sally in ihr Telefon flüsterte. Kurz darauf erschien sie mit einem Glas Wasser und stellte dieses vor Raik auf dem kleinen Beistelltisch ab.

„Herr Litano hat gleich Zeit für Sie. Sie sollen sich bitte noch einen Moment gedulden."

Dann tippelte Sally wieder davon und blätterte geschäftig in den Papieren vor ihr. Raik lehnte sich zurück und massierte mit den Fingerspitzen seine Schläfen. Er hasste diesen Kopfschmerz.

„Herr Fernandes?"

Raik zuckte zusammen.

„Oh, verzeihen Sie bitte, ich wollte Sie nicht erschrecken. Sie dürfen dann jetzt eintreten. Herr Litano erwartet Sie."

„Danke, Sally."

Raik erhob sich und ging zur Tür. Er klopfte einmal und drehte dann den Türknauf zum Öffnen. Als er eingetreten war, schloss er die Tür hinter sich und blickte seinen Freund an. Benjaminos Mimik war neutral, sodass Raik nicht in seinem Gesicht lesen konnte.

„Ich weiß nicht, wie ich das jemals wieder gut machen kann."

Benjamino rückte seinen Stuhl zurecht und wies Raik mit seiner Hand an, sich zu setzen.

„Du hast also meinen Brief bekommen."

Nickend nahm Raik auf dem ihm zugewiesenen Stuhl Platz.

„Ich war so dumm gewesen. Ich hätte wissen müssen, dass du mich nie belügen würdest. Doch ich war so verwirrt und es war alles so irreal für mich. Im Grunde begreife ich es noch immer nicht."

„Und was wirst du nun tun?"

„Ich… ich habe keine Ahnung. Ich hab schon zu Trish gesagt, dass ich nun erst mal Zeit brauche."

„Du hast schon mit Trish geredet und sie hat es nicht geleugnet?"

„Dazu hatte sie keine Gelegenheit."

Raik berichtete Benjamino von der Unterhaltung mit Trish und auch von der Nacht mit Fabienne.

„Oh Mann, in deiner Haut möchte ich jetzt nicht stecken."

„Du nimmst meine Entschuldigung also an?"

Benjamino nickte.

„Eine Trish lasse ich nicht in unsere Freundschaft funken. ABER Fabienne ist wirklich etwas ganz Besonderes und wenn du ihr wehtust, kann ich für nichts garantieren! Spiel nicht mit ihren Gefühlen und benutze sie auch nicht als Lückenfüller. Das hat sie nicht verdient!"

„Nein, das tue ich ganz sicher nicht. So gut müsstest du mich eigentlich kennen."

Benjamino nickte zufrieden.

11.

„Weißt du noch, wie Aden sich damals an Karneval als Mädchen verkleidet hatte? Ich werde nie sein Gesicht vergessen, als einige Jungs ihm ihre Nummer zugesteckt hatten."

„Aden war aber auch ein süßes Mädel."

Raik lachte bei dieser Erinnerung.

„Stimmt! Und weißt du noch, als er unbedingt auf dem Rummel eine Rose für Kira schießen wollte, aber nicht einmal getroffen hatte?"

„Klar, wie könnte ich das vergessen! Er hat so lange mit dem Betreiber der Bude diskutiert, bis dieser ihm eine so gegeben hatte."

„Ach ja, es waren so schöne Zeiten."

Fabienne seufzte wehmütig.

„Hey, nicht traurig sein."

Raik zog Fabienne fester in seine Arme und küsste ihre Haare.

„Siehst du da oben die Sterne? Zwei davon sind Aden und Kira. Sie schauen auf uns, wie wir hier am Strand sitzen und spielen sicher auch *Weißt du noch, als...*"

Raik lachte, aber sein Lachen war lang nicht mehr so fröhlich.

„Wie wird es mit uns weitergehen?", flüsterte Fabienne leise.

Schon lang spukte diese Frage durch Fabiennes Kopf, doch hatte sie nie gewagt, sie auszusprechen. Die letzten Tage waren einfach so schön gewesen, doch nun rückte der Termin für Fabiennes Heimreise immer näher.

Raik streichelte stumm über Fabiennes Oberarm, zu keiner Antwort fähig.

„Ich weiß einfach nicht mehr weiter, weiß nicht, was ich machen soll. Liebt er mich? Wie geht es mit uns weiter? Und dann ist da ja noch seine Frau. Arrrrrrrrrrrrrrr, ich dreh noch durch!"

Fabienne hämmert mit ihren Handflächen gegen ihren Kopf. Blitzschnell griff Benjamino zu und hielt Fabienne an ihren Handgelenken fest.

„Das bringt doch nichts! Lass uns lieber überlegen, wie wir dir helfen können."

„Mir kann keiner helfen. Er bittet mich nicht mal zu bleiben. Ich werde zurückgehen und alles versuchen zu vergessen", schniefte Fabienne.

„Soll ich mal mit Raik reden?"

„Nein!", schrie Fabienne, sodass die Leute am Nebentisch im Restaurant auf sie schauten. Sie errötete, als sie die Blicke spürte und flüsterte: „Bitte versprich mir, dass du NIE etwas zu Raik sagen wirst!"

Benjamino lehnte sich auf seinem Stuhl zurück und überlegte. Schließlich nickte er zustimmend, sein Blick allerdings verriet Missbilligung.

12

„Trish, was willst du?"

Raik blickte genervt von seinem Schreibtisch auf.

„Ich habe dich vermisst, Baby."

Verführerisch lehnte Trish sich vor, sodass Raik einen direkten Blick auf ihr weit ausgeschnittenes Dekolleté bekam.

Instinktiv wich Raik zurück. Er wollte sich jetzt nicht mit dem Thema *Trish* auseinandersetzen. Sein Leben war so schon kompliziert genug, denn er wusste, dass die Zeit mit Fabienne bald zu Ende seinen würde, wenn er nicht aufpasste. Er musste sich entscheiden. Obwohl ein Leben ohne Fabienne nicht mehr denkbar für ihn war, zweifelte er doch, ob er sein altes Leben einfach so aufgeben konnte. Natürlich war alles so vertraut wie früher zwischen ihnen. Aber würde dies wirklich reichen? Es war so viel Zeit vergangen. Also kannte man sich doch nicht wirklich. Oder doch? Was, wenn die erste Verliebtheit vorbei war? Was kam danach? Würde es Liebe sein? Könnte man mit den Marotten des anderen wirklich leben? Und wo würde dieses gemeinsame Leben dann stattfinden?

Raik hatte sich schon mehr als einmal vorgestellt, bei Fabienne in den Staaten zu leben. Doch hatte er nicht die geringste Ahnung von ihrem Leben dort. Ab und an hatte er überlegt, sie zu bitten, hier bei ihm zu bleiben. Doch bisher fehlte ihm einfach der Mut. Was, wenn sie gar nicht das Gleiche für ihn empfand und, auch wenn er es selbst nicht wirklich glaubte, nur ihren Spaß suchte? Könnte er mit einer Zurückweisung von Fabienne umgehen?

Das Läuten des Telefons ließ Raik zusammenzucken. Unentschlossen nahm er den Hörer in Hand. Er lauschte und verstand doch kein Wort. Und noch bevor er das Telefonat beendet hatte, wusste er des Rätsels Lösung: Er *musste* herausfinden, was vor zwanzig Jahren geschehen war.

Entschlossen blickte er Trish an.

„Wie hast du sie gefunden?"

Trish wurde blass. Sie setzte sich auf den freien Stuhl gegenüber dem Schreibtisch und schlug ihre langen Beine übereinander. Dabei rutschte ihr ohnehin schon zu kurzer Rock noch ein Stück höher.

Raik betrachtete die Beine seiner Frau. Er wanderte mit seinen Augen an ihr hinauf und konnte nichts fühlen. Da war einfach nichts. Weder das Gefühl von Liebe noch das Gefühl von Hass war da. Er hatte sie nicht vermisst und auch nicht an sie gedacht. Starr schaute er ihr in die Augen, seine Stimme war emotionslos.

„Also?"

„Ich weiß, ich habe einen riesigen Fehler gemacht und…"

„Nein, Trish, das war nicht meine Frage!", unterbrach Raik Trish unsanft. „Ich möchte von dir wissen, woher du wusstest, dass Fabienne in den Staaten lebt."

Mit geschlossenen Augen atmete Trish hörbar aus.

„Was spielt das noch für eine Rolle? Ich habe einen Fehler gemacht. Doch wenn sie erst mal wieder weg ist, werden wir es schon schaffen. Ich verzeihe dir den Ausrutscher mit ihr. Wir sind dann ja quasi quitt."

Ungläubig kniff Raik die Augen zusammen. Das konnte Trish doch nicht wirklich ernst meinen. Ein Blick in Trishs Gesicht verriet Raik, dass sie es sehr wohl ernst meinte. Müde schüttelte er den Kopf.

„Ich glaub, du hast da was falsch verstanden! Es gibt kein wir mehr. Und ich zweifle sogar daran, dass es jemals wirklich eins gegeben hat."

„Was sagst du da? Liebling! Bitte!"

Durch den Tränenschleier ihrer Augen konnte Trish sehen, wie Raik den Kopf schüttelte. Wütend stampfte sie mit dem Fuß auf.

„So kannst du nicht mit mir umspringen. Hörst du? Außerdem, was meinst du, was deine Mutter davon hält, wenn du mich wegen einer *Kaprys* verlässt?"

„Was hat meine Mutter damit zu tun?"

Raik war seine Verwirrtheit deutlich anzusehen.

„Tja, das wüsstest du wohl gern. Doch weißt du was? Von MIR wirst du rein gar nichts erfahren!"

Mit erhobenem Haupt stand Trish auf und stolzierte zur Tür. Ohne nachzudenken eilte Raik ihr hinterher und ergriff ihr Handgelenk, noch bevor sie den Türrahmen erreichte.

„Au! Lass mich los! Raik, du tust mir weh!"

Zorn und Verachtung zeigten sich nun in Raiks Gesicht. Unfähig etwas zu sagen drückte er Trish gegen die Wand. Sein Puls raste und sein Griff um Trishs Handgelenk wurde mit jedem Herzschlag fester. Er sah ihr intrigantes Lächeln und die frostigen Augen und fragte sich, wie er diese Frau einmal geliebt haben konnte. Natürlich war es nie ein so tiefes Gefühl von Liebe gewesen, wie er es bei Fabienne empfand und doch, da war er sich sicher, hatte er Trish einmal geliebt.

„Raik, ich sagte, du sollst mich loslassen!"

„Antworte mir erst!"

„Du hast echt keine Ahnung, oder? Irgendwie ist das ja süß."

Sie erhob ihre freie Hand und strich mit dem Finger über Raiks Kinn.

„Weißt du, Raik, frag sie doch selbst! Frage deine Mutter, ob sie dir das je verzeihen würde."

Hass durchzuckte Raiks Körper. Wie konnte jemand so kalt sein? Am liebsten hätte er sie geschüttelt und zu einer Antwort gezwungen, doch er tat es nicht.

Stumm ließ er Trishs Hand los. Ein zufriedenes Lächeln huschte über ihre Lippen.

„Früher oder später wirst du sowieso zu mir zurückgekrochen kommen. Ich bekomme *immer*, was ich will. Nur warte nicht zu lang."

Mit diesen Worten glitt sie aus der Tür.

Raik war mit einem Mal so unsagbar müde. Erschöpft lehnte er sich rückwärts gegen die Wand und ließ sich langsam hinabgleiten. Er umklammerte mit seinen Armen seine angezogenen Knie und legte seinen Kopf ab. Sacht wippte er vor und zurück. Seine Gedanken kreisten um Trishs Worte oder vielmehr um die nichtgesagten Worte. All die Jahre hatte sich Raiks Mutter Kerstin immer so verständnisvoll um ihn gekümmert, wenn er niedergeschlagen war, weil er Fabienne so endlos vermisste. Sie hatte immer wieder auf ihn eingeredet, dass es sicherlich eine ganz simple Lösung für das Ganze gab. Doch nun kamen Raik Zweifel. Er konnte nicht genau benennen warum, aber ihn ließ das Gefühl einfach nicht los, dass Trish ihn unterschwellig auf den Weg der Wahrheit geleitet hatte.

13.

Fabienne lag regungslos in ihrem Hotelbett. Sie umklammerte ihre Bettdecke und hoffte, dass der Schmerz bald vergehen würde.

Der letzte Weinkrampf war erst vor wenigen Minuten verebbt und Fabienne fühlte sich kraftlos und leer.

Sie verstand einfach nicht, was passiert war. Die Szenen liefen in ihrem Kopf ab wie Filmfetzen:

Sie hatte sich mit Raik vor dem Kino in der Innenstadt getroffen. Fabienne hatte gleich gespürt, dass etwas anders war: Nur ein flüchtiger Begrüßungskuss und im Kino legte Raik seinen Arm nicht um sie. Der Film war nicht so toll gewesen, aber sie hatte es trotzdem genossen, neben Raik zu sitzen und ihren Kopf an seine Schulter zu lehnen. Danach waren sie Hand in Hand an der Strandpromenade entlang gelaufen. Raik war außergewöhnlich still gewesen und immer, wenn sie ihn ansprach, zuckte er zusammen. Sie wusste, dass Raik mit seinen Gedanken ganz woanders war. Doch warum hatte er diese nicht mit ihr geteilt? Schließlich hatten sie beide geschwiegen und waren stumm nebeneinander gelaufen. Fabiennes sehnsüchtigster Wunsch war in diesem Moment einfach nur zu wissen, was mit Raik los war.

Dann plötzlich aus dem Nichts, entzog er sich ihrer Hand und wich einen Schritt zur Seite. Nur ein paar Augenblicke später trat ein Pärchen auf sie zu. Die Frau musterte Fabienne argwöhnisch von oben bis unten und Fabienne fühlte sich gar nicht wohl in ihrer Haut. Der Mann hatte sich bei

Raik über Trish erkundigte und dieser erzählte nichts von der Trennung. Fabienne hatte ungläubig geschwiegen, und als Raik dann Fabienne als flüchtige Bekannte vorstellte, durchzuckte Fabienne ein Stich und ihr Herz zog sich zusammen.

Als sie wieder allein waren, versuchte Raik gar nicht mehr ihre Hand zu nehmen. Scheinbar hatte er plötzlich Angst, mit ihr gesehen zu werden. Fabienne hatte mit ihren Tränen kämpfen müssen. Und Raik beachtete sie nicht. Wieso hatte er ihren Schmerz nicht gefühlt?

Erst später im Restaurant nahm Fabienne ihren ganzen Mut zusammen und fragte Raik nach seinen Beweggründen. Doch dieser zuckte nur mit den Schultern. Er war irgendwie so kalt gewesen.

Instinktiv hatte Fabienne in Raiks Augen geschaut und nach Antworten gesucht.

Der Kellner hatte dann das Essen an den Tisch gebracht, doch Fabienne war der Appetit vergangen. Doch Raik schaufelte das Essen regelrecht in sich hinein. Und Fabiennes einziger Gedanke war: Er tut alles, um nicht mit mir reden zu müssen. Aus diesem Gedanken hatte sie eine fremde Melodie geholt. Raik hatte ihr mit vollem Mund gesagt, dass ihr Handy klingelte und sie hatte nur mit dem Kopf geschüttelt. Und dann hatte sie realisiert, dass das Klingeln tatsächlich aus ihrer Handtasche kam. Verdutzt hatte sie gesucht, das fremde Handy ergriffen und der Stimme gelauscht. Als Fabienne aufgelegt hatte, hatte sie gelacht und Raik erzählt, dass sie am gestrigen Tag scheinbar aus Versehen mit Benjamino die Handys vertauscht hatte.

Und dann war es eskaliert. Raik hatte mit Verachtung in der Stimme gesprochen, ja fast sogar geschrien. Er hatte ihr

Vorwürfe gemacht und ihr eine Affäre mit Benjamino unterstellt. Dann war er einfach aufgestanden und hatte sie allein im Restaurant zurückgelassen.

Fabienne schlief über ihre Gedanken ein. Als sie erwachte, überfiel sie eine furchtbare Übelkeit. Blitzschnell sprang Fabienne aus dem Bett und schaffte es gerade noch rechtzeitig ins Badezimmer, bevor sie sich übergab.

Die Ereignisse des letzten Tages setzten Fabienne scheinbar noch mehr zu, als sie geglaubt hatte.

14.

„Du siehst sehr blass aus.", stellte Benjamino sachlich fest.

„Ist das ein Wunder? Hast du mir überhaupt grad zugehört, was ich dir erzählt habe?"

„Natürlich habe ich dir zugehört!"

Fabienne stiegen Tränen in die Augen. Sie fühlte sich allein und selbst von Benjamino unverstanden. Benjamino trat einen Schritt auf Fabienne zu und nahm sie in seine Arme.

„Oh nein, bitte nicht weinen! So war das nicht gemeint. Ich verstehe deinen Kummer. Doch es ist mir ein Rätsel, was mit Raik los sein könnte. Ich glaube nicht, dass er ernsthaft glaubt, wir zwei hätten etwas miteinander. Eher denke ich, ihn belastet etwas so stark, dass er ein Ventil brauchte, um Dampf abzulassen. Gib ihm ein paar Tage. Du wirst sehen, er wird angekrochen kommen, sich entschuldigen und dann gibt es wunderbaren Versöhnungssex."

Während Benjamino leise auf Fabienne einredete, strich er sanft über ihr Haar. Mit rotgeweinten Augen blickte Fabienne Benjamino an.

„Nein! Dafür habe ich einfach keine Kraft mehr. Es war ein Fehler zurückzukommen. Der ganze Schmerz, den ich seit Jahren unter Kontrolle meinte, ist jetzt wieder ganz frisch. Dazu immer diese Übelkeit. Never! Ich fliege morgen zurück."

„Dir ist übel?"

Stirnrunzelnd sah Benjamino Fabienne an.

„Ja, das liegt an dem ganzen Stress."

Benjamino sah wenig überzeugt aus, doch er sagte nichts.

„Hey Mann, was ist los mit dir?"

„Ach, hat sich Fabienne mal wieder in deinen Armen ausgeheult?"

Raik schnaubte verächtlich.

„Ja, in meinen Armen, aber sie weint wegen dir, nicht wegen mir."

Auch Benjamino fühlte die Wut in sich hochkochen.

„Du glaubst doch nicht allen Ernstes, dass da zwischen mir und Fabienne etwas läuft?"

Resigniert massierte Raik seine Schläfen. Dieser verdammte Kopfschmerz brachte ihn fast um den Verstand. Er schaute Benjamino fest an und schüttelte dann den Kopf.

„Na also, dachte ich es mir doch. Alles andere hätte mich jetzt auch wirklich enttäuscht. Mann, Raik, wir kennen uns jetzt schon so ewig. Was zum Teufel ist los mit dir?"

Raik hielt kurz inne, dann berichtete er seinem Freund von Trishs Auftritt bei ihm in der Werbeagentur. Von dem, was sie gesagt hatte und von dem, was sie nur angedeutet hatte.

„Hmm, verstehe. Nein, eigentlich verstehe ich nicht. Was willst du nun tun?"

„Wenn ich das nur wüsste. Es gibt so viele Fragezeichen in meinem Kopf und ich kenne die Antworten nicht."

„Mach eine Liste und diese arbeiten wir dann zusammen ab."

Ungläubig schaute Raik seinen Freund an.

„Du willst mir helfen?"

„Natürlich! Dafür sind doch Freunde da. Außerdem muss dich doch einer wieder auf die richtige Bahn bringen."

Benjamino lachte rau und klopfte Raik kameradschaftlich auf die Schulter.

„Also, lass uns beginnen! Welches ist das erste Fragezeichen?"

„Trish!"

„Okay, damit habe ich jetzt nicht gerechnet, aber gut, fangen wir mit Trish an. Liebst du sie noch?"

„Nein."

Raiks Antwort kam schnell und er wusste, dass das die Wahrheit war.

„Willst du trotzdem dein Leben mit ihr verbringen?"

„Nein."

„Na, dann ist doch alles klar! Morgen bringe ich dir die Scheidungspapiere vorbei. Was ist der nächste Punkt?"

„Moment! Ist die Sache mit Trish wirklich so einfach?"

„Du liebst sie nicht mehr und du willst keine Zukunft mit ihr. Ich bin Anwalt und kann dir die nötigen Papiere geben. Also ja, es ist so einfach."

Raik überlegte kurz und nickte dann.

„Der nächste Punkt ist Fabienne."

„Liebst du sie?"

„Wie kannst du mich so was fragen?"

„Du sollst nicht mir antworten, sondern in dich horchen und die Frage für dich beantworten. Liebst du Fabienne?"

„Ja, das tue ich, aber…"

„Pst!", unterbrach Benjamino Raiks Gedanken.

„Kein aber. Immer eins nach dem anderen. Du liebst sie also?"

„Ja", antwortete Raik kleinlaut.

„Okay. Willst du dein Leben mit ihr verbringen?"

„Ich… ich weiß es nicht. Mein Herz sagt ja, denn ich kann mir mein Leben nicht mehr ohne sie vorstellen. Und gleichzeitig schwirren so viele Unklarheiten in meinem Kopf umher."

„Was für Unklarheiten?"

„Zum Beispiel: Wo werden wir leben? Was ist, wenn die Verliebtheit weg ist und wir merken, dass uns doch nicht mehr verbindet als unsere Jugendliebe. Was, wenn wir beide nur einem Ideal hinterher jagen, dass es aber gar nicht gibt. Kann sie hier bei mir glücklich sein und könnte ich es bei ihr? Wird sie mir jemals verzeihen, dass ich bei unserem letzten Treffen so gemein zu ihr war?"

Benjamino hörte still zu und unterbrach Raik kein einziges Mal. Er schaute Raik an und lehnte sich dann auf der Parkbank zurück. Sonnenstrahlen kitzelten sein Gesicht, sodass er die Augen leicht zusammenkniff.

„Nun, diese Fragen kann dir tatsächlich niemand zu hundert Prozent beantworten. Manchmal sollte man einfach auf sein Herz hören und Sachen, die man sowieso nicht ändern kann, auf sich zukommen lassen. Ich nehme an, du hast Fabienne noch nicht gefragt, wie *sie* sich die Zukunft vorstellt?"

Stumm schüttelte Raik den Kopf.

„Vielleicht kann sie dir ja die Entscheidung über das *Wo* abnehmen. Und ob sie dir verzeiht, weiß ich natürlich auch nicht, aber das kannst du schnell rausbekommen. Ruf sie an, verabrede dich mit ihr und frag sie."

„So einfach ist das also?"

„Vom Prinzip her schon."

Raik überlegte kurz. „Wahrscheinlich hast du wirklich Recht."

Auch Raik lehnte sich nun auf der Parkbank zurück und genoss die warmen Sonnenstrahlen auf seinem Gesicht. Erst jetzt bemerkte er das rege Treiben um sie herum. Da waren ein alter Mann und seine Frau, die die Enten auf dem Teich fütterten, Kinder, die auf dem nahen Spielplatz vor Freude jauchzten, Familien, die auf Picknickdecken saßen, Pärchen, die sich verliebt küssten. Es fuhren Skateboarder vorbei und Fahrradfahrer.

Raik richtete sich wieder auf und schaute Benjamino fest an.

„Danke, Mann, du bist ein wahrer Freund!"

„Ich weiß."

Benjamino lachte, bevor er wieder ernst und sachlich wurde.

„Dann weißt du ja, was du als nächstes tun musst!"

Verwirrt blickte Raik Benjamino an.

„Mich bei Fabienne melden?"

„Nein. Das kommt danach. Als Erstes solltest du dich selbst finden und das letzte große Fragezeichen beseitigen. Dazu musst du deine Mutter aufsuchen, um bei ihr deine Fragen zu stellen. Vielleicht bekommst du dann endlich die Antwort auf deine Fragen, die dich schon so lange quälen."

14.

Raik parkte seinen Wagen vor dem Haus, in dem er aufgewachsen war. Es war ein altes Haus, aber noch wirklich gut in Schuss. Seitdem Raiks Vater Mario in Rente gegangen war, verbrachte er den Hauptteil seiner Zeit mit Schönheitsreparaturen am Haus. Der Garten war liebevoll bepflanzt und man sah nirgends auch nur eine Spur von Unkraut. Langsam stieg Raik die Treppenstufen empor und verweilte einen Moment, bevor er den Klingelknopf drückte. Er war gleich nach dem Gespräch mit Benjamino hergefahren. Nun überlegte er, ob er hätte vorher anrufen sollen.

Das leise Knarren der Eingangstür holte ihn aus seinen Gedanken zurück. Raik begrüßte seinen Vater und folgte ihm dann in den Garten. Auch hier sah es aus wie in einem Gartenjournal. Der Rasen war gleichmäßig gemäht, die Hecken akkurat geschnitten und auch hier nirgendwo ein welkes Blatt. Früher hatte es hier so nie ausgesehen. Das Gras war oftmals so hoch, dass er sich darin hätte verstecken können und das Unkraut blühte damals schöner als die eigentlich gepflanzten Blumen.

„Es hat sich ganz schön verändert hier."

Nachdenklich nahm Raik den weißen Kunststoffstuhl entgegen, den sein Vater ihm reichte. Dieser hielt kurz inne, nickte dann und holte aus einer Truhe neben der Tür eine Polsterauflage für Raiks Stuhl. Mario war in den letzten Jahren sehr gealtert. Sein üppiges braunes Haar war nun silbergrau und es waren kleine Fältchen um seine Augen sichtbar, welche ihn aber nicht weniger attraktiv erscheinen ließen.

„Ja, nun habe ich einfach mehr Zeit."

Raik war sich nicht sicher, ob sein Vater diesen Satz wirklich zu ihm gesagt hatte, denn vielmehr klang es wie Worte an sich selbst.

„Ist Mama im Haus?"

Mario schüttelte den Kopf.

„Deine Mutter ist beim Friseur, sich aufhübschen lassen. Als ob sie das nötig hätte."

Schmunzelnd nahm Raik Platz. Es überraschte ihn immer wieder, wenn seine Eltern so liebevoll übereinander sprachen, denn als Kind hatte er oft um die Ehe seiner Eltern gebangt. Sie hatten oft gestritten und jeder war immer allein unterwegs gewesen. Sie waren selten zu Hause und wenn, stritten sie viel.

Stumm saßen Vater und Sohn da. Sie lauschten dem Gesang der Vögel und Raik überlegte, was er nun sagen sollte.

„Nun, mein Junge", durchbrach Mario das Schweigen. „Was führt dich hierher? Du bist doch sicher nicht gekommen, um mit mir im Garten zu schweigen."

Raik setzte sich auf und straffte die Schultern.

„Nein, sicher nicht. Ich weiß nur nicht genau, wie ich beginnen soll."

Mario blickte seinen Sohn fest an, sprach jedoch kein Wort.

Verlegen betrachtete Raik seine ringlose Hand.

„Ich lasse mich von Trish scheiden."

Raik wusste selbst nicht genau, warum er mit dieser Sache begann, aber er erzählte seinem Vater, von den Lügen und Intrigen seiner Frau und dass er damit einfach nicht leben könnte. Erst jetzt schaute Raik seinen Vater an und falls dieser überrascht war, ließ er es sich nicht anmerken.

„Und ich habe Fabienne wieder getroffen."

Diesmal hatte Raik seinem Vater direkt in die Augen gesehen und die Veränderung sofort gespürt.

„Dad, ich liebe sie noch immer, aber ich brauche endlich Antworten, wenn ich mit Fabienne glücklich werden will."

Mario räusperte sich. Er sah auf einmal klein und gebrechlich auf seinem Stuhl aus.

„Um ehrlich zu sein, warte ich schon seit Jahren auf deine Fragen. Am Anfang habe ich jeden Tag damit gerechnet. Und dann war ich froh, dass du nie fragtest. Mein Gewissen quält mich schon so lange und wenn heute der Tag sein soll: Okay, ich bin bereit."

Raiks Gedanken schwirrten, er war nicht fähig zu antworten. Mario nickte und begann dann zu erzählen:

„Ich habe vor vielen, vielen Jahren einen sehr großen Fehler gemacht, den ich bis heute zutiefst bereue und deine Mutter konnte es mir nie ganz verzeihen, was ich ihr auch nie verübelte. Deine Mutter und ich hatten beide den einen oder anderen Seitensprung. Wir duldeten es gegenseitig, denn es war ja nie von Belang. Doch dann kam es, dass ich mich verliebte. Das brach deiner Mutter das Herz. Es war nicht, weil es so war, sondern vielmehr *wer* es war."

Mario hielt kurz inne, scheinbar überlegte er, ob er das Geheimnis wirklich lüften sollte.

Raiks Blick war erwartungsvoll, also sprach Mario mit leiser Stimme weiter.

„Ihr Name war Bella Kaprys."

Raik schnellte von seinem Sitz.

„Fabiennes Mutter?"

Seine Worte klangen fassungslos.

Mario nickte.

„Glaub mir, Raik, es war nie so geplant gewesen und wenn ich könnte, würde ich sofort alles rückgängig machen. Aber…"

Mitten im Satz brach Mario ab und fühlte die Verachtung in Raiks Blick.

„Bitte, hör mir zu! Raik, lass mich dir alles erzählen. Ich weiß, es gibt keine Entschuldigung für meinen Fehltritt und noch weniger Entschuldigungen gibt es für mein Schweigen. Aber ich möchte dir endlich die Antwort auf deine Fragen geben. Dir erklären, warum deine Mutter so gehandelt hat."

Raik kniff die Augen zusammen. Sein Kopf brummte. Er war doch hier wegen Antworten. Doch wollte er wirklich so eine Geschichte hören? Was genau hatte er eigentlich erwartet zu hören?

Er wusste es selbst nicht, doch das hatte er definitiv nicht erwartet. Ein tiefes Seufzen kam aus Raiks Brust, als er sich zurücklehnte. Ja, er war hier, um Antworten zu bekommen, auch wenn sie ihm nicht gefielen. Raik wusste, er würde sie brauchen, um seinen Frieden zu bekommen.

Unsicher rutschte Raik noch tiefer in den Sitz. Sein Blick zeigte, dass er Angst hatte.

Mario senkte den Kopf.

„Ich weiß gar nicht genau, wo ich beginnen soll."

Seine Worte klangen mehr an sich selbst gerichtet als an seinen Sohn.

„Die Sache mit Bella war ein riesiger Fehler und deine Mutter hat ihn mir bis heute nicht verziehen. Dabei habe ich die letzten Jahren nur noch getan, was sie wollte, auch wenn es mir so manches Mal widerstrebte."

„Oh, bitte. Erwartest du jetzt allen Ernstes Mitleid von mir?"

Raiks Stimme klang verärgert. Der Schmerz pochte wie verrückt in seinem Kopf.

„Nein, ich erwarte gar nichts von dir!"

Mario stand auf und ging ins Haus. Raik hörte das Klappern der Küchenschränke. Wenig später trat sein Vater wieder auf die Terrasse. Er stellte zwei Gläser auf den Tisch und befüllte diese mit Wasser. Nachdem er auch die Flasche abgestellt hatte, setzte er sich wieder neben Raik und trank einen großen Schluck.

„Also, es war ein Fehler. Aber die Gefühle waren echt. Ich wollte damals sogar deine Mutter verlassen, ein neues Leben beginnen. Aber wie du ja sicher weißt, hat sich Bella doch für Loki entschieden und ich wusste nicht wohin. Es klingt vielleicht gemein, aber das war der Grund, der mich wieder zu deiner Mutter führte. Sie ließ mich regelrecht zu Kreuze kriechen und nahm mich, so glaube ich, nur zurück, weil sie nicht wollte, dass die Nachbarn über sie redeten. Mittlerweile führen wir aber eine gute Ehe."

„Dad! Wieso erzählst du mir das?"

„Weil ich möchte, dass du begreifst! Aber dafür musst du alles wissen."

Ohne eine Reaktion von Raik abzuwarten, fuhr Mario fort: „Und dann kamst du mit Fabienne zusammen. Deiner Mutter brach es fast das Herz, ständig Fabienne zu sehen oder von ihr zu hören, denn automatisch wurde sie immer an Bella und mich erinnert. Mit erhobenem Haupt hat es deine Mutter ertragen, denn natürlich war sie viel zu stolz, um sich ihren Zorn anmerken zu lassen. Außerdem, was hätte sie denn dagegen tun können? Sie konnte dir die Beziehung ja schließlich nicht verbieten."

Mario ergriff erneut sein Glas und nippte dran. Seine Gedanken schienen endlos weit entfernt zu sein.

„Dann war da dieser schreckliche Unfall. Deine Mutter war erschüttert von den Ereignissen und trotzdem konnte sie nicht über ihren eigenen Schatten springen und auf die Beerdigung gehen. Ich weiß, sie hat sehr mit sich gerungen und sicher bereut sie es auch bis heute, dass sie damals nicht um deinet Willen da war. Doch sie konnte einfach Bella nicht unter die Augen treten. Und weil ich wusste, wie sehr es sie grämte, blieb auch ich der Beerdigung fern."

Raik erinnerte sich wieder, wie Kiras Mutter sich damals nach dem Verbleib seiner Eltern erkundigt hatte und er erinnerte sich auch, wie mulmig ihm zu Mute gewesen war.

Mario räusperte sich.

„Ja, und dann zogen Bella, Loki und Fabienne nach Singapur. Zuerst war deine Mutter froh, dass Bella so weit weg war, aber dann bekam sie mit, dass du nach dem Abschluss vorhattest, Fabienne nachzureisen. An diesem Tag brach die Welt deiner Mutter erneut zusammen. Sie war so verzweifelt, denn sie hatte große Angst dich zu verlieren. Und dann tat sie das, nun ja, was sie eben tat."

Für einige Minuten schwieg Mario. Er schien seine Gedanken neu zu ordnen.

„Zuerst fing sie *nur* Fabiennes Briefe an dich ab. Sie dachte, wenn ihre Briefe dich nicht mehr erreichen würden, wär ein Keil zwischen euch. Aber diese Rechnung ging natürlich nicht auf, weil du ja weiterhin mit Fabienne telefoniertest und online Kontakt hattest. Deine Mutter war kurz davor aufzugeben, als ein Brief von Fabienne kam, in dem stand, dass ihr Vater überraschend nach Chicago versetzt wurde. Sie witterte ihre große Chance. Also setzte sie sich mit Onkel Donny in Verbindung, der deinen Computer hackte. Frag mich nicht, was genau er wie machte, ich kannte mich mit so nem Zeugs noch nie aus, auf jeden Fall schaffte er es, dass Fabiennes E-Mails geblockt wurden und auch deine nicht mehr zu ihr rausgeschickt wurden. Dasselbe tat er auch bei diesem Internetdienst, über dem ihr euch manchmal über Webcam gesehen hattet. Kerstin, ähm, also deine Mutter, hat dann eine neue Telefonnummer für unseren Hausanschluss geordert und dafür gesorgt, dass nirgends mehr unsere neue Nummer eingetragen wurde. Sie war es auch, die dein Handy verschwinden ließ und somit dafür sorgte, dass du eine neue Handynummer bekamst und du auf deine Telefonkontakte nicht mehr zurückgreifen konntest."

Die Gedanken überschlugen sich in Raiks Kopf. Plötzlich ergab alles einen Sinn. Die Briefe, die ihn nicht mehr erreichten und logischerweise auch nicht Fabienne, weil sie ja gar nicht mehr da wohnte. Die Mails, die immer sofort zurückkamen. Sein Handy, das über Nacht verschwunden war und er es nie mehr wieder gefunden hatte. Damals hatte er wirklich an seinem Verstand gezweifelt, weil er sich so sicher gewesen war, dass er es am Vorabend in die Ladestation gesteckt hatte. Und natürlich das *„Kein Anschluss unter dieser Nummer"*, wenn er versucht hatte, Fabienne anzurufen. Es ergab nun alles einen Sinn und doch verstand es Raik nicht.

„Aber wie konntet ihr so etwas nur tun? Ihr müsst doch gesehen haben, wie ich all die Jahre gelitten hatte! Mama war doch immer da. Wie oft hatte sie mich in den Arm genommen und mir tröstende Worte zugeflüstert. Das waren alles Lügen?"

Raik löste seinen Griff von der Armlehne des Stuhls. Seine Finger schmerzten, doch das nahm Raik nicht wahr. Seine Stimme bebte und er konnte keinen klaren Gedanken fassen.

„Ich weiß, es war ein Fehler! Und ich glaube, Kerstin weiß es tief in ihrem Inneren auch. Sie hat von Tag zu Tag gehofft, dass dein Schmerz nachlässt. Es brach ihr das Herz, dich so leiden zu sehen, aber es war der Hass auf die Familie Kaprys, der sie nicht aufhören ließ. Du musst mir glauben, ich habe etliche Male deine Mutter versucht zu überzeugen, dir endlich die Wahrheit zu sagen, doch sie ließ sich einfach nicht von ihrem Plan abbringen. Und ich, nun ja, ich war einfach so voller Schuldgefühle, dass ich mich ihr beugte."

Mario sah mit einem Mal um Jahre gealtert aus.

Mit zitternden Knien erhob sich Raik und ging wie ein Schatten seiner Selbst in Richtung Tür. Er konnte einfach nicht länger hier bleiben. Zuerst musste er den Wirrwarr in seinem Kopf beseitigen und dafür brauchte er Ruhe.

„Warte!"

Mario eilte seinem Sohn hinterher.

„Warte hier!", sagte er nochmals mit Nachdruck und stieg dann die Treppe hinauf ins Obergeschoss. Raik vernahm das Klappern von Schranktüren und das Knarren von Schubladen. Ab und an schien etwas auf den Boden zu fallen. Dann herrschte Stille. Wenig später erschien Mario wieder auf der obersten Treppenstufe. Langsam stieg er herunter. Er atmete tief durch und übergab Raik dann einen kleinen Schlüssel.

„Das Schließfach ist am Busbahnhof. Ich hoffe, du kannst mir irgendwann verzeihen!"

15

*R*aik lief am Strand entlang. Gedankenverloren hob er kleine Steinchen auf und warf sie in Richtung Meer. Es waren einige Surfer am Strand, die auf ein paar gute Wellen hofften, Familien, die picknickten und Sandburgen bauten, Paare, die Hand in Hand liefen, und Jogger. All diese Menschen um sich herum nahm Raik gar nicht wahr. Die Worte seines Vaters hallten ihm nach. Er konnte einfach nicht glauben, dass seine Eltern ihn so getäuscht haben sollten.

Erschöpft ließ er sich in den Dünen nieder. Müde starrte er auf seine geschlossene Hand. Der Inhalt wirkte wie eine tonnenschwere Last. Langsam öffnete Raik seine Faust. Der kleine silberne Schlüssel funkelte ihm entgegen.

Die Offenbarung seines Vaters hatte ihm den Boden unter den Füßen weggerissen. Er hatte mit allem gerechnet, nur nicht damit. Und nun hatte er eine scheißverdammte Angst, was für eine Enthüllung sich wohl hinter diesem Schließfach verbarg.

Ein Ball landete direkt neben Raik und er zuckte erschrocken aus seinen Gedanken. Wenig später erschien ein kleines Mädchen mit zwei Zöpfen und Sommersprossen. Die Kleine grinste Raik an.

„Wofür ist der?"

Sie zeigte auf den Schlüssel in Raiks Hand. Raik musterte erst das Mädchen, dann hielt er den Schlüssel in Richtung Himmel und betrachtete das goldene Sonnenlicht, welches sich im Schlüssel spiegelte.

„Der ist für ein Geheimnis."

„Was für ein Geheimnis?"

Interessierte schaute sie sich das Funkeln an.

„Das weiß ich nicht", antwortete Raik matt.

Die Kleine zuckte mit den Schultern.

„Und wieso schaust du dann nicht einfach nach?"

Mit diesen Worten hob sie ihren Ball auf und lief lachend zu ihrer Familie zurück.

Nachdenklich blickte Raik ihr nach. War es wirklich so einfach? Er rieb sich die Schläfen, hinter denen ein übler Kopfschmerz tobte.

Als Raik sich endlich erhob, tauchte die Sonne gerade rotglühend ins Meer. Der Strand war nun fast menschenleer. Langsam ging er zu seinem Auto. Wieder fühlte er den Schlüssel in seiner Hand. Sein Herz klopfte wie wild, denn ihm wurde immer bewusster, dass es nur einen nächsten Schritt für ihn gab: Er musste das Schießfach öffnen.

Vorsichtig steckte Raik den Schlüssel in das Schloss des Schließfachs und drehte diesen mit Bedacht um. Er hielt kurz inne und atmete tief ein und aus. Dann öffnete er die quietschende Schließfachtür. Der Inhalt überraschte Raik sehr. Behutsam nahm er die Kiste heraus und betrachtete sie. Es war eine Holzkiste mit schönen Schnitzereien und goldenen Verzierungen. Sie erinnerte an eine Schatztruhe und Raik fiel wieder ein, woher er diese Truhe kannte. Sie war ein Familienerbstück seines Vaters, das schon seit vielen Generationen in der Familie Fernandes immer weitergegeben wurde. An dem Verschluss war eine Schriftrolle befestigt.

Raik atmete schwer, als er die Kiste aus dem Schließfach hob. Er nahm sie mit zu seinem Wagen und stellte die Kiste auf den Beifahrersitz.

Wieder pochte furchtbarer Kopfschmerz hinter seinen Schläfen. Doch Raik versuchte ihn nicht zu beachten. Er ging um seinen Wagen herum, setzte sich auf den Fahrersitz und umklammerte fest das Lenkrad. Und was nun? Vor Aufregung begannen seine Finger zu schwitzen.

„Bleib ruhig, alter Junge. Das ist doch nur eine alte Kiste!", sprach Raik zu sich selbst. Er nestelte an dem Band, an dem die Schriftrolle befestigt war, bis diese lose in seiner Hand lag. Sorgsam rollte er sie auseinander und erkannte sofort die Schrift seiner Mutter.

Mein geliebter Sohn!

Ich weiß, wenn du meinen Brief jetzt liest, hat dir dein Vater die ganze Wahrheit erzählt.
Es muss dein Vater getan haben, denn ich hätte niemals den Mut dazu. Ich schäme mich viel zu sehr dafür, was ich getan habe, um dir in die Augen zu blicken. Ich hoffe, du kannst mir irgendwann verzeihen. Du musst mir glauben, ich wollte dir niemals wehtun, denn ich liebe dich.

Mama

Mit zittrigen Händen hielt Raik den Brief seiner Mutter zwischen den Fingern. Er las ihn wieder und wieder.

Das Blut rauschte in seinen Ohren. Es war also alles wahr, sein Vater hatte ihm wirklich die Wahrheit erzählt. Bis vor ein paar Minuten hatte Raik noch Hoffnung gehegt, dass sein Vater ihm ein Lügenmärchen aufgetischt hatte. Doch nun hatte er keine Zweifel an der Unanfechtbarkeit der Worte seines Vaters.

Raik legte den Brief seiner Mutter zur Seite und startete seinen Wagen. Er wusste zwar immer noch nicht, was genau ihn in dieser Kiste erwartete, aber er wollte auf gar keinen Fall hier am Busbahnhof das Geheimnis lüften.

16.

Ziellos fuhr Raik umher. Er wusste einfach nicht, wohin er sollte. Als er an einem Motel vorbeikam, lenkte er kurzentschlossen sein Auto auf dessen Parkplatz.

Als er ausstieg, zitterten seine Knie.

Wenig später saß Raik, die Kiste festumklammert, auf dem Bett des nur spärlich eingerichteten Motelzimmers. Das Mobiliar wirkte alt und rustikal. Kein Zimmer zum Wohlfühlen, so viel stand fest, aber für Raiks Zwecke würde es reichen.

Mit geschlossenen Augen schob Raik den Deckel der Kiste auf, atmete ein paar Mal tief ein und aus und öffnete dann wieder seine Augen. Was er erblickte, ließ sein Herz buchstäblich höher schlagen. Da waren hunderte von Briefen. Er erkannte Fabiennes feine Handschrift. Ohne über den nächsten Schritt nachzudenken, drehte er sich um und kippte den gesamten Inhalt der Kiste aus. Er landete sanft auf dem Bett. Einige Briefe waren scheinbar geöffnet, andere schienen noch verschlossen. Und unter all den Briefen entdeckte Raik sein altes Handy. Er nahm es in die Hand und seine Augen füllten sich mit Tränen. Seine Mutter war es also gewesen! Seine eigene Mutter hatte ihm das Leben ruiniert! Sie hatte ihm alles genommen, was er einst so sehr liebte.

Raik stand auf und ging zur Minibar. Er nahm sich ein Fläschchen heraus und leerte es in einem Zug.

Als er sich wieder setzte, trommelte er mit seinen Händen auf seine Knie. Nun war er bereit. Wahllos zog er einen Brief hervor und begann zu lesen…

Mein geliebter Raik!

Nun ist schon wieder so viel Zeit ins Land gestrichen und ich habe noch immer kein Lebenszeichen von dir erhalten. Ich verstehe das einfach nicht... Hast du mich vergessen? Um ehrlich zu sein, wäre es mir fast lieber, dass nun eine andere meinen Platz an deiner Seite hat, denn der Gedanke, dass dir womöglich etwas zugestoßen sein könnte, bringt mich schier um den Verstand.

Nächste Woche fährt erneut der Möbeltransporter bei uns vor. Ja, wir ziehen wieder um. Diesmal nach Boston. Manchmal glaube ich wirklich, wir sind auf der Flucht. Wenn ich Mum und Dad dann aber frage, sagen sie immer, es ist wegen der Arbeit. Aber acht Mal in nicht mal zwei Jahren? Ich pack schon gar nicht mehr alle meine Sachen aus, denn ich muss sie ja sowieso wieder einräumen. Ich fühle mich so allein. Raik, du fehlst mir so! Aden und Kira natürlich auch. Ich würde so gerne Freunde finden, aber immer, wenn ich jemanden in der Schule mag, ziehen wir auch schon wieder weg. Dad hat mir versprochen, es wird das letzte Mal sein. Mir ist es egal. Da ich es eh nicht aufs College packe, werde ich mir in Boston einen Job suchen. Dann

179

können sie mich mal, ich zieh definitiv nicht mehr mit ihnen weg. Das habe ich für mich selbst beschlossen und seitdem geht es mir besser. Wer weiß, vielleicht habe ich ja eines Tages den Mut und kehre nach Europa zurück. Vorher möchte ich aber, um meiner selbst Willen, mein Leben im Griff haben. Abends, wenn die Sterne am Himmel glitzern, suche ich oft die Sternbilder, die du mir einst zeigtest. Dann fühle ich mich dir ganz nah, mache meine eigene kleine Zeitreise durch die Welt meiner Gedanken. Zur Verwunderung mancher, denen ich unsere Geschichte anvertraute, bin ich dir nicht böse. Ich finde, du solltest das wissen! Denn ich weiß, du hast deine Gründe, dich nicht bei mir zu melden und wenn ich sie auch nicht verstehe, akzeptiere ich sie. Carol, eine inzwischen gute Freundin aus New York (wir telefonieren ständig miteinander und vertrauen uns einfach alles an), meinte, sie würde dich hassen, wenn du ihr das Herz so gebrochen hättest. Aber ich sagte ihr nur: „Wie könnte ich jemanden hassen, den ich doch so sehr liebe?"
Mein liebster Raik, ich schreibe dir aus Boston wieder und hoffe jeden Tag auf ein Lebenszeichen von dir.

Ich sende dir tausende Küsse...

In ewiger Liebe für immer

Deine Fabienne

Mit zittrigen Händen hielt Raik Fabiennes Brief. Nach all den Jahren, konnte er sie endlich lesen. Wie lange hatte er auf einen Brief von ihr gewartet und nun lagen sie vor ihm verteilt auf dem Bett. Raik konnte sein Glück nicht fassen. All die Jahre hatte er Fabienne nicht umsonst geliebt.

Der nächste Brief war eine Geburtstagskarte an ihn. Die Kartenvorderseite war ein Foto und zeigte eine erwachsenere Fabienne, die in einem sommerlichen Kleid in die Kamera lächelte. Ihr braunes Haar flatterte im Wind und ihre Hände waren zu einem Herz geformt.

Raik fuhr mit seinen Fingern Fabiennes Schrift nach: *Happy Birthday !!!* Wie schön sie war. Er drehte das Bild um.

Mein liebster Raik!

Ich wünsche dir alles erdenklich Liebe zu deinem 25. Geburtstag!
Ist das nicht ein tolles Alter? Noch jung und doch alt genug, um alles zu tun, was man möchte. Außerdem klingt´s soooo schön erwachsen.

181

Ich hoffe mein Geschenk gefällt dir!?

In ewiger Liebe

Deine Fabienne

Raik drehte die Karte hin und her. Gerade als er die Karte in den Umschlag zurückstecken wollte, bemerkte er einen Widerstand. Er schaute in den Umschlag und entdeckte eine Silbermünze. Überrascht ließ er die Münze in seine Handfläche gleiten. Was er nun sah, verschlug ihm den Atem. Auf der Oberseite war ein Bild von Aden und Kira eingraviert. Raik betrachtete die Konturen seiner Freunde und als er die Münze drehte, erblickte er ein gestanztes Foto von sich und Fabienne. Er erkannte das Bild sogleich, denn es war dasselbe, dass er auf Fabiennes Nachttischchen im Hotel stehen sehen hatte.

Das war mit Abstand das schönste Geschenk, was er je bekommen hatte.

Wie in Trance nahm er sich einen Brief nach dem anderen und las Fabiennes Zeilen an ihn. In allen Briefen konnte Raik Fabiennes Verzweiflung rauslesen und ihre bedingungslose Liebe spüren. Sie hatte an jedem Valentinstag geschrieben und zu jedem Weihnachtsfest. Keinen seiner Geburtstage hatte sie vergessen. In manchen Briefumschlägen fand Raik kleine Geschenke, in anderen Fotos von Fabienne.

Die ganze Zeit über hatte Fabienne ihn an ihrem Leben teilhaben lassen.

Raik ärgerte sich über sich selbst, dass er die Briefe so achtlos aufs Bett gekippt hatte, denn so war es ihm nicht möglich, Fabiennes Briefe in der richtigen Reihenfolge zu lesen. Die Tatsachen, dass Fabienne auf keinen ihrer Briefe ein Datum notiert hatte und die meisten Poststempel unlesbar waren, erschwerten ihm das Ordnen noch mehr. Vielleicht konnte ihm ja Fabienne irgendwann mal dabei behilflich sein. Gerade als Raik diesen Gedanken hegte, öffnete er den Brief, vor dem er sich die ganze Zeit innerlich gefürchtet hatte.

Mein liebster Raik!

Wenn du nur wüsstest, wieviel du mir bedeutest... Ich liebe dich mit jeder Faser meines Körpers. DU bist mein erster, letzter und schönster Gedanke des Tages. Und doch tut es mir so unsagbar weh, dich so sehr zu lieben. All meine Briefe blieben stets unbeantwortet und trotzdem hoffte ich jeden Tag auf ein Lebenszeichen von dir.
Ich habe dafür einfach keine Kraft mehr, dir als Phantom nachzujagen und so habe ich für mich beschlossen, dass es Zeit wird, dich loszulassen, auch wenn es mir so unsagbar schwer fällt. Ich muss es tun, wenn ich irgendwann wieder glücklich sein will. Weißt du, ich hätte so gern irgendwann meine eigene kleine Familie. Kinder und einen Mann, der mich liebt. Doch wie soll das gehen, wenn ich niemand anderen die

Chance geben kann, weil in meinem Herzen und Kopf nur DU bist?

Ich werde dich niemals vergessen und du wirst auf jeden Fall immer deinen Platz neben Kira und Aden tief in meinem Herzen haben.

Dies ist also mein letzter Brief an dich und dir „Lebwohl" zu schreiben, fällt mir so unsagbar schwer... Ein Teil von mir wird dich für immer lieben, du warst und bist meine erste große Liebe und ich verbinde so viel Schönes mit dir. Jedes Jahr an deinem Geburtstag werde ich weiterhin eine Kerze für dich anzünden und in mein Fenster stellen, wie ich es seit fast zwei Jahrzehnten tue.

In ewiger Liebe

Fabienne

17.

Es dämmerte bereits, als Raik den letzten Brief gelesen hatte. Er fühlte sich seltsam, zu keinem klaren Gedanken fähig. Mit letzter Kraft räumte er die Briefe sorgfältig in die Kiste zurück und legte sich erschöpft auf das Bett. Wenige Sekunden später fiel er in einen tiefen traumlosen Schlaf.

Als Raik erwachte, schlug die Uhr schon die zwölfte Stunde. Er schnellte hoch, etwas desorientiert, wo er sich gerade befand. So langsam kehrten die Erinnerungen wieder und sein Blick fiel auf die Kiste. Augenblicklich war ihm klar, dass er nicht geträumt hatte und sofort zu Fabienne musste. Er musste ihr einfach die Briefe zeigen und von dem Gespräch mit seinem Vater erzählen, denn dann wüsste sie, dass ihn keine Schuld traf. Eilig nahm er die Kiste und zog die Motelzimmertür hinter sich ins Schloss.

Auf dem Weg zu Fabiennes Hotel dachte Raik an das Gespräch mit seinem Vater. Wie würde Fabienne wohl das Bekenntnis aufnehmen? Raik wusste es nicht. Und was er auch nicht wusste, war, wie er je seinen Eltern wieder gegenübertreten sollte. Aber das war im Moment auch nicht wichtig. Das Einzige, was nun zählte, war seine Beziehung zu Fabienne. Mit einem Mal war es Raik nicht mehr wichtig, wo er leben würde, sondern nur Fabienne an seiner Seite zu wissen. All die Jahre hatte er sie geliebt und nicht verstanden, warum sie sich nie mehr gemeldet hatte. Nun kannte er die Antwort und sein Herz zog sich bei dem Gedanken zusammen, dass Fabienne die ganze Zeit genauso im Unklaren war und gelitten hatte wie er.

Raik parkte seinen Wagen in der Nähe vom Greenton-Hotel. Auf den Gehwegen herrschte reges Treiben und Raik hatte Mühe, sich seinen Weg durch die Menschenmengen hindurch zu bahnen. Wenig später stand er, völlig außer Atem vor dem Zimmer *178*. Er klopfte.

Keine Reaktion.

Raik klopfte erneut, nun aber etwas fester.

Immer noch keine Reaktion.

Das konnte doch alles nicht wahr sein. Wo war sie nur? Entmutigt lehnte Raik den Kopf an die Zimmertür. In seinen Schläfen pochte der Kopfschmerz und sein Kopf drohte zu explodieren.

„Was machen Sie da?"

Verwirrt schaute sich Raik um und erblickte einen Hotelpagen in schicker dunkelblauer Uniform.

„Ich… ich wollte zu Fabienne Kaprys, aber sie scheint nicht da zu sein."

„Bedaure, aber Frau Kaprys ist kein Gast mehr in unserem Hause."

„Was? Aber wo ist sie hin? Ich muss sie finden! Es ist wirklich wichtig!"

„Es tut mir Leid, da kann ich Ihnen leider nicht weiterhelfen. Einen guten Tag wünsche ich noch."

Der Page schaute Raik eindringlich an und dieser wusste, dass er nun gehen sollte.

Raik eilte zurück zu seinem Wagen. Den Strafzettel für falsches Parken ließ er unbeachtet. Benjamino! Wenn einer ihm jetzt weiterhelfen konnte, war es Benjamino.

Viel zu schnell fuhr Raik die Straßen entlang. Er hupte, wenn ein Autofahrer ihm zu langsam war, und fluchte lauthals bei jeder roten Ampel.

Ungeduldig rannte Raik ins Bürogebäude und stoppte vor Sally um Atem ringend.

„Es tut mir Leid, Herr Fernandes, aber Herr Litano ist heut nicht im Haus. Soll ich ihm einen Zettel auf dem Schreibtisch hinterlegen, dass Sie da waren?"

Erwartungsvoll blickte Sally Raik an. Dieser schüttelte nur den Kopf und ging, ohne sich zu verabschieden, in Richtung Ausgang. Was nun? Seine Gedanken kreisten. Ja klar, anrufen! Dass er nicht schon früher darauf gekommen war. Er holte sein Handy aus der Hosentasche und wählte Fabiennes Nummer.

„Dieser Anschluss ist vorübergehend nicht erreichbar. Bitte versuchen Sie es zu einem späteren Zeitpunkt noch einmal."

„Mist!", fluchte Raik laut, sodass ihn die Passanten auf der Straße argwöhnisch musterten.

„Auf ein Neues", murmelte Rik, während er Benjamino anrief.

Es klingelt einmal, ein zweites und ein drittes Mal, dann sprang die Mailbox an.

„Ich könnt so kotzen!"

Raiks Nerven lagen blank.

„Benjamino, hör zu, ruf mich an. SOFORT!"

Raik schrie die Worte in sein Handy. Das konnte doch alles nur ein schlechter Traum sein.

18

Der Wind wehte kalt, doch Raik spürte den nahen Herbst nicht. Seit Stunden war er auf der Suche nach Fabienne und Benjamino, doch nirgends fand er sie. Gerade jetzt befand er sich auf dem Weg in sein Apartment. Raik wusste, er musste sich was einfallen lassen. Er brauchte einen Plan B. Wo waren die Orte, an denen er noch nicht gesucht hatte? Was hatte er vergessen, was übersehen?

Der Klingelton seines Handys holte Raik aus seinen Gedanken zurück. Hastig zog Raik sein Telefon aus der Tasche und ließ es dabei fast fallen.

„Benjamino! Endlich!"

„Hey Raik, nur kurz. Ja? Ich bin so was von erledigt."

In Raiks Ohren rauschte es. So kühl kannte er die Stimme seines Freundes gar nicht.

„Ich hab den halben Tag versucht dich und Fabienne zu finden. Wo steckst du? Und wo ist Fabienne? Es ist so viel passiert. Ich weiß jetzt endlich des Rätsels Lösung! Es gibt da eine Kiste…"

„Sie ist weg!", sagte Benjamino mitten in Raiks Redeschwall.

„… da sind alle Briefe drin und mein Handy und…"

Raik brach abrupt ab.

„Was meinst du damit, sie ist weg?"

„Ja, sie ist weg. Ich habe sie heut zum Flughafen gebracht."

„Wohin?"

Natürlich war Raik klar, dass Fabienne zurück in die Staaten geflogen sein musste, doch er war zu keinem klaren Gedanken fähig. Eine unglaubliche Übelkeit stieg in Raik auf und der Kopfschmerz kehrte erbarmungslos zurück.

„Aber das geht doch nicht! Nicht jetzt, wo endlich…"

Raik ließ sich kraftlos auf den Stufen vor seinem Hauseingang nieder. Sie waren nass und kalt, doch das kümmerte ihn nicht.

„Das ist ein Fluch. Mein ganzes Scheißleben ist ein verdammter Fluch."

„Nein Raik! Diesmal hast du es ganz allein vermasselt."

Mit diesen Worten legte Benjamino auf. Nur allzu deutlich hatte Raik die Verachtung in der Stimme seines Freundes vernehmen können. Hatte Benjamino Recht? Was war mit seinen Eltern? Traf sie etwa keine Schuld?

Raik spürte die Wut in sich hochschäumen. Natürlich hatten sie Schuld! Was hatten sie sich nur dabei gedacht, ihn all die Jahre so zu hintergehen? All die Jahre, in denen er immer nach dem Warum gesucht hatte. Und dann hatte ihm das Schicksal seine Fabienne zurückgebracht, nur um sie ihm gleich wieder zu nehmen. Und das war alles die Schuld von…

Raik stoppte seine eigenen Gedanken und ihm wurde speiübel, als er erkannte, dass er diesmal der einzig Schuldige war. Wie gern hätte er die Schuld jemand anderem zugeschoben, doch das konnte er nicht. Benjamino hatte recht: Er ganz allein hatte es vermasselt.

Bedrückt erhob sich Raik und öffnete die massive Eingangstür. Er schleppte sich buchstäblich die Stufen zu seinem Apartment hinauf und schloss seine Wohnungstür auf.

Seine Kopfschmerzen waren kaum noch erträglich und seine Glieder schmerzten, doch Raik nahm nichts mehr wahr. Er hatte es vermasselt. Es hatte alles keinen Sinn mehr.

Erschöpft ließ sich Raik aufs Sofa fallen. Er schloss die Augen, seine Gedanken überschlugen sich. Wie hatte das nur geschehen können? Fabienne war weg und es war seine alleinige Schuld.

Der schrille Ton der Türklingel ließ Raik aus seinen Gedanken zucken. Er überlegte kurz und beschloss dann, das Klingeln zu ignorieren.

Es klingelte erneut. Diesmal länger und beharrlicher. Mühsam rappelte Raik sich auf und schlürfte fluchend zur Tür. Er drückte auf den Türsummer, öffnete die Wohnungstür einen Spalt und schlürfte ohne abzuwarten, wer geklingelt hatte, zu seinem Sofa zurück. Gerade als Raik sich wieder auf seine Couch plumpsen lassen wollte, erschien Benjamino hinter ihm in der Tür.

Seufzend setzte sich Raik aufrecht hin. Sein Blick war traurig und leer.

„Darf ich?"

Benjamino deutete mit dem Kopf auf den Polstersessel.

Raik zuckte mit den Schultern. Inzwischen war ihm alles egal. Er fühlte nur noch den Schmerz in seinem Herzen, der viel schlimmer war als der Kopfschmerz.

„Hör zu Mann, es war nicht fair von mir so mit dir zu reden. Aber ich war so sauer und so erledigt von all den Ereignissen…"

„Du hattest doch Recht! Alles was du sagtest, war doch wahr. Es war meine gottverdammte Schuld und ich schwör dir, ohne sie will ich nicht mehr."

Irritiert blickte Benjamino seinen besten Freund an.

„Was meinst du damit? Hör auf mit diesem Scheiß!"

„Das ist kein Scheiß! Was macht es noch für einen Sinn?"

„Wieso denkst du, es ist schon vorbei? Reise ihr nach und zeig ihr, dass sie dir wichtig ist. Ich weiß, sie liebt dich. Also!"

„Das ist nicht so einfach."

„Ach nein? Und wieso nicht?"

„Na weil…"

Ein breites Grinsen erschien auf Raiks Gesicht. „Ja natürlich! Das ist es! Benjamino, du bist ein Genie!"

Raik sprang auf und umarmte den verdutzten Benjamino. Natürlich hatte Benjamino Recht. Er würde einfach einen Koffer packen und dann ins nächste Flugzeug steigen.

Die ganze Nacht verbrachten die zwei Freunde mit Reden.

Raik berichtete Benjamino von dem Gespräch mit seinem Vater und zeigte ihm die Kiste mit den Briefen. Benjamino konnte kaum glauben, was er da sah und hörte. Auch Raik kam das Ganze noch immer sehr unwirklich vor.

Die Uhr schlug drei Uhr, als Benjamino von Fabiennes Abreise erzählte, davon, dass er wirklich alles versucht hatte, sie umzustimmen. Raik misstraute Benjaminos Worten nicht und wünschte sich mehr denn je, er wäre nicht so dumm gewesen, an seiner und Fabiennes Liebe zu zweifeln.

„Komm, lass uns mal schauen."

Wie selbstverständlich schaltete Benjamino Raiks Computer ein und wenige Minuten später durchsuchten sie die Internetseiten der Airlines nach einem frühen Flug nach Boston.

„Schau mal da! Das ist er!"

Benjamino wirkte fast euphorischer als Raik.

„Mensch, wenn nicht so viel momentan zu tun wär in der Kanzlei, würde ich ja glatt mitkommen."

Raik wusste, dass dem nicht so war, sondern vielmehr, dass dies der missglückte Versuch von Benjamino war, ihn aufzumuntern. Dankbar klopfte Raik Benjamino auf die Schulter.

Er würde also nach Boston fliegen. In drei Tagen schon! Bis dahin musste sich Raik noch um so vieles kümmern, aber er wusste, dass Benjamino ihm den Rücken stärken würde und dieses Wissen gab Raik so unendlich viel Kraft.

19.

„Okay, nun ist es soweit. Ich weiß immer noch nicht, ob ich dich wirklich fliegen lassen möchte. Was, wenn du nicht mehr zurückkommst?"

„Hör auf! Die Leute gucken schon."

Raik grinste übers ganze Gesicht.

„Sollen sie doch gucken", erwiderte Benjamino schmollend. „Ich hab einfach Angst, dich nicht wieder zu sehen."

Kameradschaftlich umarmte Raik seinen besten Freund und flüsterte: „Keine Sorge, man sieht sich immer zweimal im Leben und spätestens zur Hochzeit…"

Einen dicken Kloß spürte nun auch Raik in seiner Kehle, denn alles was nun kam, war sehr ungewiss. Er straffte die Schultern und ging dann Richtung Flugschalter. Er passierte ihn und drehte sich noch ein letztes Mal zu Benjamino um.

Der Flug war lang, aber doch angenehm. Da Raik in der letzten Nacht kein Auge zugemacht hatte, schlief er die meiste Zeit des Fluges.

Angekommen auf dem *Boston Logan International Airport* atmete Raik tief ein und wieder aus. Er wusste nicht, was ihn als nächstes erwartete, was die Zukunft bringen würde und das machte ihm etwas Angst.

Raik nahm seinen Koffer vom Gepäckband und durchquerte die Sicherheitsschleusen. Anschließend trat er durch den Haupteingang hinaus. Er blinzelte in die Sonne und stieg in das nächste freie Taxi.

Während der gesamten Fahrt blickte Raik staunend aus dem Fenster. In seinen kühnsten Träumen hätte er sich das alles hier nicht so vorgestellt. Alles erschien ihm so viel größer, die Menschen viel geschäftiger.

Der Taxifahrer stoppte an der ihm übergebenen Adresse. Raik blickte auf das Taxameter, zahlte und stieg dann aus.

Für einen Moment verweilte Raik auf dem Bürgersteig, ungeachtet von den Menschen, die sich eilig an ihm vorbeidrängten. Hier wohnte sie also!

Das Gebäude war eindeutig schon sehr alt. Es hatte abgerundete Ecken und die kupferfarbene Feuerleiter führte im Zickzack nach oben. Noch nie in seinem ganzen Leben hatte Raik ein solches Haus gesehen.

Langsam stieg Raik die zehn Stufen bis zur Eingangstür nach oben. Er betrachtete die Namen an der Klingelanlage. „Kaprys", flüsterte er erleichtert. Mit gestrafften Schultern öffnete Raik die massive Tür und erklomm, immer zwei Stufen auf einmal nehmend, die Treppen in den zweiten Stock. Sein Herz klopfte fast zum Zerspringen, als er vor Fabiennes Apartment stand. Mit geschlossenen Augen atmete er tief ein und aus. Was, wenn sie ihn gar nicht sehen wollte? Eine leichte Panik durchfuhr Raik. Doch er wusste, nun gab es kein Zurück mehr. Entschlossen drückte er den Klingelknopf.

Ein schriller Ton hallte durch den Flur. Dann wurde es wieder still. Raik lauschte, doch er konnte nichts hören. Erneut klingelte er, aber hinter der Tür blieb alles stumm.

Verzweifelte setzte sich Raik auf die oberste Treppenstufe, verschränkte seine Arme auf seinen Knien und legte

194

seinen Kopf nieder. Das konnte doch alles nur ein Alptraum sein. Wo war sie? Und vor allem, was sollte er jetzt tun?

Schritte holten Raik aus seinen Gedanken. Er hob voller Erwartungen den Kopf und blickte in das misstrauische Gesicht einer weißhaarigen Afroamerikanerin. Raik nickte zum Gruß und legte dann seinen Kopf wieder nieder.

„Raik? Was machst du hier?"

Raik schnellte hoch, als er Fabiennes Stimme vernahm.

Fabienne stand vor der untersten Stufe, im Arm eine Papiertüte mit Einkäufen. In Windeseile sprang Raik auf und stürmte auf Fabienne zu. Er nahm ihren Kopf zwischen seine Hände, und noch bevor Fabienne ein Veto einlegen hätte können, küsste er sie leidenschaftlicher als je zuvor. Als sich ihre Lippen wieder trennten, blinzelte Fabienne ungläubig. Ihre Knie waren weich und ihr war leicht schwindelig.

„Ich hab dich so sehr vermisst."

Mit diesen Worten nahm Raik Fabienne die Tüte ab und folgte ihr die Treppe hinauf zu ihrem Apartment. Mit zittrigen Händen steckte Fabienne den Schlüssel ins Schloss und öffnete die Tür. Wie in Trance trat sie ein. Raik folgte ihr.

Fabienne ging in die Küche und räumte ihren Einkauf aus. So langsam kam sie wieder zu sich.

„Kaffee, Tee oder etwas anderes?"

Raik verneinte kopfschüttelnd. Er stand im Wohnzimmer und blickte sich um. Alles war ihm hier so fremd und doch fühlte er sich Fabienne endlich wieder ganz nah.

„Setz dich doch."

Fabienne wies mit ihrer Hand auf ihr korallfarbenes Sofa.

„Was machst du hier?"

„Einen Fehler wieder gut machen."

Raik setzte sich ohne den Blick von Fabienne zu nehmen.

„Du hättest nicht kommen sollen."

„Aber…"

„Nein, Raik! Kein aber. All deine Zweifel waren berechtigt. Ich habe kein Recht zu erwarten, dass du etwas tust, was du nicht möchtest. Es sind so viele Jahre vergangen. Viel zu viele Jahre, in denen ich so sehr gehofft habe."

„Nein, Fabienne! Bitte hör mich an! Ja, ich hatte Zweifel, aber nun hab ich sie nicht mehr. Verstehst du? Ich weiß, dass ich dich liebe und ich will mit dir zusammen sein."

„So einfach ist das nicht."

Müde rieb sich Fabienne die Augen.

Erst jetzt bemerkte Raik die Veränderung. Nicht, dass er es in Worte hätte fassen können, doch es war definitiv etwas anders als noch vor wenigen Wochen.

„Was ist los, Fabienne?"

Fabienne schüttelte den Kopf. Sie stand auf und ging ins Badezimmer. Minutenlang verweilte sie stumm auf dem Badewannenrand sitzend. Das Wasser hatte sie angestellt und spielte gedankenverloren mit ihren Fingern unter dem Wasserstrahl. Was sollte sie jetzt nur tun? Was war der nächste logische Schritt?

Ein Klingeln an der Wohnungstür ließ Fabienne zusammenzucken. *„Nein, bitte jetzt noch nicht!"*, flüsterte sie gedanklich.

Langsam öffnete sie die Badezimmertür. Vor ihr stand Raik, der sie aufmerksam musterte. Ihm entging nicht zu bemerken, dass Fabienne ganz blass geworden war.

Es klingelte erneut.

„Willst du nicht öffnen?"

Der misstrauische Unterton in Raiks Stimme, ließ Tränen in Fabiennes Augen schießen. Nur mit Mühe konnte sie sie zurückhalten. Mit gesenktem Kopf öffnete Fabienne die Haustür. Eine quirlige Latina stand davor. Sie fiel Fabienne augenblicklich um den Hals, zuckte dann aber zurück, als sie Raik sah.

„Ah..."

Fabiennes Blick ließ die Frau verstummen. Sie übergab Fabienne einen Packen Broschüren, flüsterte ihr noch etwas zu und verschwand dann wieder.

„Das war seltsam", bemerkte Raik nüchtern.

„Ach nein, ehrlich? Fandest du wirklich?", antwortete Fabienne übertrieben lässig. „Nein, nein, das war Stella. Sie wohnt über mir. Stella ist immer so, ähm, sprunghaft, ja sprunghaft ist sie. Sie wollte sicher nicht stören."

Mit einer abtuenden Handbewegung eilte Fabienne in Richtung Wohnzimmer und gab dabei der Wohnungstür einen Schubs, die geräuschvoll ins Schloss fiel.

Raik spürte Fabiennes Nervosität und ihm entging auch nicht, wie sehr sie den Stapel Papiere umklammerte. Doch er schwieg und ging Fabienne nach. Gerade als er das Wohnzimmer betrat, sah er, wie Fabienne die Papiere buchstäblich im Schrank versteckte.

Blitzschnell drehte sich Fabienne zu Raik um, als sie diesen hinter sich bemerkte. Sie trat auf Raik zu, schlang ihre Arme um ihn und küsste ihn.

„Welch Sinneswandel!", schoss es Raik durch den Kopf. Ihm war, als wolle sie ihn von irgendetwas ablenken. Nur, was war von so großer Bedeutung, dass Fabienne zu solchen Mitteln griff?

Raik beschloss für sich, erst mal Fabienne zurück zu erobern. Alles Weitere würde sich dann schon ergeben. Er erwiderte ihren Kuss, schmeckte die Süße ihrer Lippen. Voller Sehnsucht presste er sie ganz fest an sich und wusste mit einem Mal mit Bestimmtheit, dass es richtig gewesen war, her zu kommen. Er liebte sie, wie er es schon fast sein ganzes Leben lang getan hatte. Keinen Tag wollte er mehr ohne sie sein.

20

Hand in Hand liefen Fabienne und Raik durch den *Common Park*, vorbei an der *George Washington Statue*. Im Hintergrund zeichnete sich die Bostoner Skyline ab. Die letzten Tage waren für Raik der Himmel gewesen.

„Ich kann es immer noch nicht glauben, dass deine Eltern das alles getan haben sollen, nur um mich aus deinem Leben zu bringen."

„Ich auch nicht."

Fabienne blieb stehen und betrachtete Raik.

„Was ist los?"

„Was soll denn sein?"

Seufzend verdrehte Fabienne die Augen und Raik war klar, dass er jedem etwas vormachen konnte, nur nicht Fabienne.

„Ich denke seit längerem über etwas nach", begann Raik und setzte sich auf eine freie Parkbank.

Fabienne tat es ihm gleich und blickte Raik erwartungsvoll an. Alles um sie herum war in herbstliches Bunt getaucht, doch keiner von beiden nahm dieses Farbspiel wirklich wahr.

„Versteh mich nicht falsch, die letzten Tage waren einfach gigantisch, doch ich weiß leider, dass es nicht für immer so sein kann. Ich frage mich, wie geht es weiter und ob ich dich bitten kann, mit mir nach Europa zurückzukehren. Du hast hier dein Leben und ich meins auf der anderen Seite des Ozeans. Aber vor allem zermartere ich mir das Hirn, wie ich es anstellen kann, dich für immer glücklich zu machen."

Fabiennes Augen füllten sich mit Tränen, doch sie sagte kein Wort. Raik fragte sich wieder einmal, wie er ihr Verhalten deuten sollte, doch er konnte sich einfach keinen Reim daraus machen.

In dieser Nacht konnte Raik einfach keinen Schlaf finden. Er dachte an die letzten Tage zurück. An die vielen Gespräche, an Fabiennes Anderssein, das er noch immer nicht benennen konnte, was so anders an ihr war, an ihr Liebesspiel erst vor wenigen Stunden.

Aufgewühlt stand Raik auf und tastete sich leise im Dunkeln aus dem Schlafzimmer. Erst in der Küche schaltete er das Licht ein. Nachdem er sich ein Glas Saft eingeschenkt hatte, lehnte er sich an die Arbeitsplatte. Genauso hätte er sich Fabiennes Wohnung immer vorgestellt: farbenfroh und doch stilvoll. Jeder Platz war genutzt und doch wirkte es nicht überladen. Raiks Blick wanderte durchs Wohnzimmer und blieb an der Schrankwand heften. Was hatte Fabienne da nur versteckt? In Raik stieg das Verlangen, nachzusehen. Er trat auf den Schrank zu und hielt dann inne. Nein, er hatte nicht das Recht dazu. Doch dieses selbstauferlegte Verbot ließ das Verlangen nur größer werden. „Nur ein kurzer Blick!", sagte Raik zu sich selbst und öffnete die Schranktür.

Nichts! Das ganze Fach war leer.

Raik öffnete die nächste Tür und ihm wurde klar, dass er auch hier die Papiere nicht finden würde. Fabienne musste sie erneut versteckt haben. Vielleicht, als er geschlafen hatte? Verwirrt setzte er sich aufs Sofa. Was sollte diese Heimlichtuerei?

„Pst."

Zärtlich strich Fabienne über Raiks Haar. Er öffnete die Augen und hatte Mühe sich zu orientieren. Das Sofa, Fabienne, draußen war es hell. Folglich musste er wohl doch eingeschlafen sein.

„Hast du das gefunden, wonach du gesucht hast?"

Mit dem Kopf zeigte Fabienne auf die geöffnete Schranktür und Raik spürte, wie ihm die Röte ins Gesicht stieg.

„Ich wollte nur, ich meine, ich konnte nicht schlafen und da hab ich…"

„… meine Sachen durchwühlt!", vollendete Fabienne nüchtern Raiks Satz.

„Es ist nicht so, wie du denkst!"

„Ach nein?"

Argwöhnisch blinzelte Fabienne Raik an und erhob sich dann.

„Das, was du gesucht hast, ist in meiner Wäschekommode unter den Sachen versteckt. Aber es ist auch nicht mehr wichtig, denn ich hab meine Entscheidung längst getroffen."

„Und komme ich in deiner Entscheidung vor?"

Auf einmal hatte Raik einen dicken Kloß im Hals. Er verspürte Angst oder vielmehr noch Panik vor dem, was Fabienne antworten würde.

„Sage mir erst deine Pläne."

Fabienne setzte sich schräg aufs Sofa, sodass sie Raik genau anschauen konnte.

Raik tat es ihr gleich und schaute sie fest an.

„Meine Pläne? Ich habe nur einen Plan! Und der ist es, dich für immer glücklich zu machen. Ich möchte dich heiraten und mit dir alt werden. Wo, ist mir inzwischen total egal. Ob hier, in Europa oder ob wir woanders nochmal komplett von vorn beginnen. Hauptsache, du bist immer an meiner Seite. Ich möchte mit dir lachen, und wenn es sein muss, auch weinen."

Raik erhob sich und ging vor Fabienne auf die Knie. Zögernd ergriff er ihre Hand und sein Herz pochte wie wild.

„Fabienne, du bist die einzig Wahre für mich. Ich werde dich für immer lieben, wie ich es schon mein ganzes Leben lang tue. Du bist mein schönster Gedanke und ich möchte nie wieder ohne dich sein. Bitte gib mir die Chance dich glücklich zu machen. Werde meine Frau und mach mich zum glücklichsten Mann."

Fabienne traute ihren Ohren kaum. Für einen Moment war sie sprachlos.

„Raik, weißt du überhaupt, was du da sagst?"

„Ja! Und jedes meiner Worte ist genau so gemeint, wie ich sie sagte."

Dicke Tränen liefen über Fabiennes Wangen. Sie legte ihr Gesicht in ihre Hände und fing augenblicklich heftig an zu schluchzen. Raik wurde schwindelig, denn er verstand die ganze Welt nicht mehr. Was war nur los? Er wollte Fabienne für immer glücklich machen und nun weinte sie?

Behutsam nahm er ihre Hände wieder in seine.

„Hey, pst. Es tut mir leid, wenn ich etwas gesagt habe, was dich verletzt hat. Ich wollte das doch nicht."

Fabienne schüttelte den Kopf und blickte Raik mit roten Augen an.

„Nein, es ist alles meine Schuld."

„Fabi, bitte sag mir was los ist."

Raik erhob sich und setzte sich wieder Fabienne gegenüber, ohne ihre Hände loszulassen.

Fabienne senkte den Blick.

„Ich… ich wollte es gar nicht und wollte es beenden, aber dann konnte ich es doch nicht und nun…"

„Du hast einen anderen?", unterbrach Raik Fabienne und ließ augenblicklich ihre Hände los. In seinen Ohren rauschte es und er hatte das Gefühl, sich jeden Moment übergeben zu müssen.

„Ich... Nein, es gibt keinen anderen! Es gab nie einen und wird auch nie einen geben."

Raik war aufgestanden und Fabienne wusste, dass er ihr nun nicht mehr zuhörte. Sie sprang auf und eilte ihm nach. An der Wohnungstür erreichte sie ihn, bevor er diese öffnen konnte und versperrte ihm den Weg.

„Fabienne, lass gut sein. Du hast gesagt, du hast dich entschieden und ich muss nun damit leben. Also erspar es uns beiden."

„Ich bin schwanger."

Mit diesen Worten trat sie zur Seite.

Mitten in der Bewegung hielt Raik inne und blickte Fabienne verwirrt an.

„Du bist was?"

„Ich bekomme ein Baby von dir."

21

*R*aik wankte zurück, zu keinem klaren Gedanken fähig. Fabienne lächelte müde und ging ins Badezimmer. Als sie wieder herauskam, fand sie Raik mit gesenktem Kopf auf dem Sofa sitzend. Stumm setzte sie sich neben Raik und verschränkte ihre Hände in ihrem Schoß. Dieses Schweigen war wirklich schlimm für Fabienne, doch sie wollte Raik die nötige Zeit geben, die er brauchte.

„Seit wann weißt du es?", fragte Raik plötzlich in die Stille, ohne Fabienne dabei anzusehen.

„Kurz bevor du hier aufgetaucht bist, habe ich einen Test gemacht."

Raik nickte. Die Gedanken wirbelten durch seinen Kopf.

„Aber warum hast du es mir nicht gleich gesagt? Habe ich kein Recht, so was zu erfahren?"

Diesmal schaute Raik Fabienne mit geschärften Blick an.

„Ich wollte ja! Aber ich wusste einfach nicht wie. Das Ganze, was deine Frau mit dir abgezogen hat. Ich wollte einfach nicht, dass du mich womöglich mit ihr vergleichst oder schmerzlich erinnert wirst an diese schwere Zeit. Außerdem musste ich selber erstmal mit dem Ergebnis klar kommen. Für mich entscheiden, was ich will."

„Und nun hast du es entschieden?"

„Als ich es erfuhr, war ich am Boden zerstört. Ich wusste ja nicht, ob ich dich jemals wieder sehen werde. Und dann waren da natürlich die Zweifel, ob ich es alleine schaffen kann. Stella, meine Nachbarin, meinte, sie kennt eine gute Klinik, die nicht so viel Geld nimmt. Sie brachte mir Broschüren über die Klinik, über die Ärzte dort und alles zum Thema Abtreibung an dem Tag, als du plötzlich vor meiner Tür standst. Ich war an dem Tag einfach noch nicht bereit, es dir zu erzählen und dann war alles einfach so schön mit dir."

Fabienne erhob den Kopf und blickte Raik fest in die Augen.

„Und ja, ich habe eine Entscheidung getroffen! Ich will dieses Baby, ob mit oder ohne dir."

Mit diesen Worten erhob sich Fabienne und Raik tat es ihr gleich. Blitzschnell zog er Fabienne in seine Arme, küsste sie leidenschaftlich und glitt dann mit seiner Hand über Fabiennes flachen Bauch. Es war ein unbeschreibliches Gefühl für Fabienne zu spüren, dass Raik sie nun nicht mehr verlassen würde und sie war sich mit einem Mal sicher, dass nun alles gut werden würde.

Epilog

Als Fabienne den Mittelgang entlangschritt, ging ein bewunderndes Raunen durch die Reihen der Kirche. Raik blickte seine Braut an und ihm gingen all die wundervollen Momente mit Fabienne durch den Kopf. Sie war so wunderschön und Raik war sich nicht sicher, ob sie je schöner gewesen war.

Fabienne hatte sich für ein weißes, schlichtes, schulterfreies Brautkleid entschieden. Die Rundung ihres Bauches war trotz des weiten Schnittes nicht zu übersehen.

Voller Liebe blickte Raik seine Braut an, als er sein selbstverfasstes Ehegelöbnis vortrug:

„Fabienne, du bist diejenige, die mich so endlos glücklich macht. Nur mit dir fühle ich mich ganz und ich kann und vor allem will ich mir ein Leben ohne dich nicht mehr vorstellen. Du bist der Mensch, dem ich bedingungslos vertraue, bist meine beste Freundin und der Sinn meines Lebens. Nimm den Ring als Zeichen meiner Treue und Liebe und ich verspreche dir, dass mein Ziel immer sein wird, dich glücklich zu machen. Ich liebe dich!"

Fabienne blinzelte die Tränen weg, als Raik ihr den Ring an den Finger steckte.

„Raik, ich weiß nicht, was ich sagen soll! Ich weiß einfach nicht, wie ich all meine Liebe zu dir in Worte fassen soll, denn ich kenne keine Worte, die etwas so Mächtiges beschreiben könnten. Du warst und bist meine große

Liebe und hier heute vor dir zu stehen ist das, was ich mir schon immer gewünscht habe. Der Gedanke, mit dir zusammen alt zu werden, ist der größte für mich. Mit diesem Ring verspreche ich dir, dass meine Liebe zu dir niemals enden wird. Ich liebe dich!"

Nach dem *Ja*-Wort folgte ein langer leidenschaftlicher Kuss.

Die Hochzeitsfeier verlief fröhlich, es wurde getanzt und viel gelacht. Nach dem traditionellen Anschneiden der Hochzeitstorte erhob sich Benjamino. Er hielt sein Glas nach oben, nahm einen Löffel und schlug sanft dagegen. Das *pling* hallte durch den Saal.

„Leute, ich glaube es wird höchste Zeit, dass ich eine kleine Rede halte. Keine Angst, ich versuche mich kurz zu fassen."

Benjamino lachte heiser und man merkte deutlich, dass er einen kleinen Schwips hatte.

„Ich kenne Raik nun schon fast mein halbes Leben lang, und was erst nur eine Freundschaft war, ist buchstäblich eine Brüderschaft für mich geworden. Raik, du bist der Bruder, den ich nie hatte, mir aber immer gewünscht habe, und ich freue mich riesig, dich endlich glücklich zu sehen. Und jeder hier muss neidlos zugeben, bei so einer Braut wäre er es auch. Fabienne, du bist die wundervollste Frau, der ich je begegnet bin und ich übertreibe keineswegs, wenn ich sage, dass du selbst im hochschwangeren Zustand noch atemberaubend schön bist."

Fabienne errötete bei Benjaminos Worten und blickte verlegen Raik an, der mit geschwellter Brust dastand und ihr zustimmend zuzwinkerte.

„Ich durfte heute der Trauzeuge sein und für dieses Vertrauen möchte ich mich bedanken. Doch noch mehr als über die Tatsache, dass ich als Trauzeuge auserwählt wurde, freue ich mich, dass ich in nur circa zwei Monaten der Patenonkel des Nachwuchses sein werde. Deshalb habe ich mir ein ganz besonderes Geschenk für euch heute überlegt."

In die Hände klatschend trat Benjamino auf die freie Tanzfläche und nahm eine riesige Holzkiste entgegen, die seine Assistentin Sally hereinschob.

„Jeder weiß ja, dass, wenn Raik etwas macht, er manchmal ganz gern übertreibt."

Benjamino setzte das Wort *„übertreibt"* mit den Fingern in Anführungszeichen.

„Deshalb war ja ein Baby auch nicht genug für ihn, sondern es mussten ja gleich zwei sein. Und weil ein Vögelchen mir gezwitschert hat, dass es ein Junge und ein Mädchen werden, war das einzig logische Geschenk für mich der hier."

Mit einem lauten Knall öffnete Benjamino die Vorderklappe der Kiste. Raik und Fabienne sahen sich beide lachend an. Mit gekonnten Bewegungen holte Benjamino einen Zwillingskinderwagen hervor. Die rechte Seite war in hell- und dunkelblau, die linke Seite in pink und lila.

Fabienne ging auf Benjamino zu und umarmte ihn innig, danach betrachtete sie voller Freude den Kinderwagen. Auch Raik umarmte Benjamino kameradschaftlich und flüsterte: „Clever, alter Junge! Du hast doch nur Angst, die zwei nicht auseinanderhalten zu können."

Benjamino nickte und lachte herzhaft.

„Ach, und danke nochmal, dass du die Annullierung so schnell hinbekommen hast."

„Nein, nichts zu danken. War Ehrensache."

Zum Zeichen salutierte Benjamino vor Raik.

„Woran denkst du gerade?"

„Wie viel Glück ich doch habe, eine so wunderschöne Ehefrau zu haben."

„Du Charmeur!"

Fabienne küsste Raik leidenschaftlich.

„Nun mal im Ernst. Ich wette, du hast gerade an Aden und Kira gedacht. Stimmt's?"

„Ich kann dir einfach nichts vormachen. Du kennst mich zu gut. Ja, ich habe an sie gedacht."

„Mir ging es den ganzen Tag nicht anders. Schade, dass das Fest schon vorbei ist."

Fast wehmütig blickte Fabienne Raik an.

„Ich glaube, unser Fest beginnt erst jetzt."

Liebevoll legte Raik seinen Arm um Fabiennes Schulter und zog sie ganz nah an sich heran. Sie standen schweigend auf der Terrasse und blickten in den sternenbesetzten Himmel.

„Hast du einen Namen gefunden?"

Nickend holte Fabienne einen kleinen Zettel heraus.

„Und du?"

Auch Raik nickte.

Raik hielt Fabienne einen Zettel entgegen, den Fabienne nach kurzem Zögern ergriff.

„Warte! Es ist nur ein Vorschlag, und wenn er dir nicht gefällt, ist das vollkommen okay für mich. Ich wollte nur, dass du das weißt."

Fabienne nickte und faltete Raiks Zettel auseinander. Augenblicklich stiegen ihr die Tränen in die Augen.

Sie hielten ihre Zettel nebeneinander. Auf jedem stand ein Name. Raik hatte den Namen *Aden* notiert, Fabienne *Kira*.

Sanft streichelte Raik über Fabiennes üppigen Bauch. Sie hatten nun die perfekten Namen für ihre Zwillinge gefunden. Was die Zukunft nun bringen mochte, wusste Raik nicht, aber sie würde wundervoll werden, dessen war er sich sehr sicher.

Danksagung

Glück fürs Glücklichsein ist mein dritter Roman und ich hätte das alles nicht so hinbekommen, ohne all die lieben Menschen, die mich stets unterstützen.

Ich danke meinem Mann Michael für 12 glückliche Ehejahre. Du bist mein Fels in der Brandung und vor allem bist du mein bester Freund und Vertrauter. Jeder Tag wird durch deine Gegenwart bereichert und ich bin so froh, dich an meiner Seite zu wissen.

Stolz erfüllt mich, wenn ich meine Kinder Cynthia, Justin und Quentin betrachte. Ihr seid zwar nicht immer Engel, aber ich könnte mir keine besseren Kinder wünschen. Ich liebe euch mehr als mein Leben!

Neves, ich danke dir für das großartige Cover. Ich weiß, es war nicht immer leicht, meine Vorstellung umzusetzen, aber du hast meine Erwartungen bei weitem übertroffen. Ich schätze mich glücklich, einen so talentierten Neffen zu haben.

Es gibt Leute, die waren nur eine Zeitlang meine Wegbegleiter. Manche davon vermisse ich, aber bei einigen gibt es auch gute Gründe, wieso sie nicht mehr Inhalt meines Lebens sind. Umso glücklicher schätze ich mich, die besten Freundinnen EVER zu haben. Jede ist so verschieden, wie sie nur sein könnte, aber gerade das bereichert mein Leben so enorm. Olivia, Daniela, Christa und Patricia – danke, dass es euch in meinem Leben gibt. Und wenn ich sage: „Ich habe euch lieb", dann ist das nicht nur eine hohle Floskel, sondern die Stimme meines Herzens.

Patricia und Anja möchte ich für ihre Mitwirkung als Lektorinnen danken. Es ist ein beruhigendes Gefühl zu wissen, dass da noch jemand im Hintergrund sitzt, der den „Fehlerteufel" mit bekämpft.

Ich danke meinen Eltern Roswitha und Gerhard, meinen Geschwistern Manuela, Wolfgang, Stefan, Ramona und ihren Familien für viele glückliche Stunden und meinen Schwiegereltern Elke und Klaus sowie meinem Schwager Erik und seiner Familie, dass es euch in meinem Leben gibt.

Franziska, du und Elina, ihr seid mir super wichtig und auch wenn wir nur selten Kontakt haben, denke ich jeden Tag an euch.

Marcelino, die Gespräche mit dir sind immer ein wahrer Hochgenuss für mich und ich bin so furchtbar stolz auf dich, wie grandios du deinen Lebensweg gehst.

Für eine ganz besondere Art der Freundschaft danke ich der gesamten Familie Krummel inkl. Oma. Leider fehlt oftmals die Zeit, aber desto schöner und intensiver sind die Begegnungen dann immer.

Susanne, sicherlich hast du deine, mir übermittelte, Geschichte im Buch gefunden. Ich danke dir und deinem Mann Heiko für die Inspirationen und natürlich auch für die tollen Umsetzungen meiner speziellen Bastelwunschbestellungen.

Robert, du bist ein Freund in der Ferne, der stets die richtigen Worte in Form von Mails, Briefen oder Karten für mich herbeizaubert.

Frank, dich kenne ich nun von allen Freunden am längsten und ich möchte die Zeit mit dir nie missen.

Ich danke Philip für seine magischen Hände und die Geduld, die er schon das ein oder andere Mal für uns aufbringen musste.

Eine besondere Ehre war es für mich, Heike kennen zu lernen, die wahrscheinlich außerhalb meiner Familie mein größter Fan ist und die ich gerne zu meinen Freunden zählen möchte.

Und zuletzt möchte ich nicht meine Liebsten aus der Ferne vergessen: mein Patenkind Sheila mit ihrem bezaubernden Töchterchen Zayde; Nadin, die Mama meiner Patenzwillinge Jan und Ronny; Georg, der mir oft beratend zur Seite steht im Internet, wenn's mal nicht so rund bei mir läuft; Mike, dem ich so viel verdanke; Sascha, der liebste Freund, den man sich wünschen kann und der immer für einen da ist.

Vielen Dank!

Petra Fischer bei BoD

Mein Weg zur ewigen Ruhe
Roman

Von Kindheitstagen an kämpft Felicitas um Liebe und An-
erkennung. Jeder Schicksalsschlag scheint sie stärker zu
machen, bis zu dem Tag, als sie merkt, dass sie den Kampf
nicht gewinnen kann.

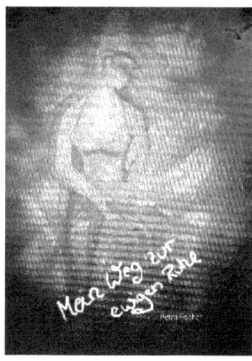

ISBN: 978-3848253043

Lesen Sie mehr unter:

www.PetraFischer.jimdo.com